上：ネス湖
２段目：左ロンドン、キングスクロス駅の９¾番線ホーム、右タワーブリッジ
３段目：左ハリー・ポッターのナイトバス、真ん中ビッグ・ベン、右リチャード３世が最後に水を飲んだ井戸
４段目：左からエジンバラのホームズ像、軽井沢のホームズ像、ロンドンのホームズ像、ヨーク大聖堂のステンドグラス

ピー太郎（本文147ページ〜）

上：左サントノーレ、真ん中スコーン、右チーズケーキ
２段目：左ストロベリータルト、真ん中フルーツケーキ
（シュガーペーストのデコレーション）、右ヘクセンハウス
３段目：左からハロウィンのアイシング・クッキー、マドレーヌ、
いちごソーダのゼリー、クロカンブッシュ

陽だまりの記憶

小鳥とお菓子とホームズと

Yuki Tezuka
手塚由紀

文芸社

もくじ

第一章 ❋ 私と英国

第二章 ※ 料理と趣味のお話

第三章 ※ ペットと家族、そして温かい人々

第一章

※

私と英国

空色のスーツケース

カラカラ、ゴロゴロ、私の後を空色のスーツケースがついてくる。三十年前、母と二人で初めての海外旅行へ出かけるときに買ってもらったものだ。

デパートの旅行用品売り場で一目惚れし、どうしてもこれがいいと必死で頼んだ高校生の私。今でこそ華やかな色の物や柄物がたくさん出回っているが、当時はまだ黒や紺が主流だった。メタリック加工の水色の新型に、母はびっくりし、もう少し地味な色にしようと言ったが、珍しく頑固に譲らない私に根負けした。

以来二十回以上の海外旅行にお供してくれている。このスーツケースは私の相棒だ。

大きさの基準では一週間旅行用だそうだが、最低限の荷物を詰め、一か月大好きな英国を縦横に旅して歩いたこともある。列車での移動が多く、left luggage と呼ばれる駅の荷物預かり所をよく利用した。luggage は米語の baggage より濁音が耳に残らず、Lが韻を踏んでいるのがいいなどと勝手に思っている。

一九九三年六月、イングランド北部のカーライルを訪れた。今も残る古城跡と大聖堂を擁する美しい町だが、最も有名なのはこの町の郊外を起点として、ブリテン島を東西に横切るように延々百十八キロも続く、英国版万里の長城ハドリアンズ・ウォールだ。北方からのケルト人の侵入を阻んだ防壁は今はずいぶん崩れ、切れ切れに残っている。

このウォール跡に沿って、カーライルから東海岸のニューカッスルまで鉄道が走り、途中十二の駅があるが、ウォールを見学するにはヘクサムで降りるとよいという。

朝、カーライル発のローカル線に乗り、ヘクサム駅で下車。よいしょっとスーツケースもおろす。乗客はまばら。地元の人と思《おぼ》しき数人が改札を通っていく。改札口には駅員の姿もなく、だからといって自動改札機が設置されているわけでもない。東京から来た身にはやたらあっさりして見える。こんな小さな駅で荷物を預けられるだろうか。都会の大きな駅ではコインロッカーが大抵あるが、機械化されていない地方都市では left luggage の表示に従っていくと、カウンターの中に駅員さんが立っていて、荷物を預かっていたこともある。

ここでは後者の確率が高い。いや、そもそも駅員が見当たらない。ホームのキオスクに人影を見つけ、ゴロゴロとキャスターの音を響かせながらそちらへ向かった。

「すみません。left luggage はどこですか」

「え、この駅にはそんなものはないよ」

ああ、やっぱり。困ったなあ。スーツケースを持ったまま観光はできないし。でもどうせバスは日に二本しかないと聞いて、タクシーに乗ろうと思っていたのだから、ずっと積んだまま回ってもらえばいいか。

第一章

❇

私と英国

しかしタクシー乗り場だってあるかどうか……。私はハドリアンズ・ウォールと、近くの遺跡を見たいが、荷物もあるので、タクシーで行きたいと、キオスクのおじさんに説明した。

親切なおじさんは、すぐタクシーを呼んでくれた。運転手さんも人のよさそうなおじさんで、きっと二人は顔なじみなのだろう、挨拶をかわし、私の状況を一通りやりとりする。若い女の子が遺跡を見たいと遠い東洋からやって来たのだ、なんとか希望どおり見せてやりたい、そんな純朴な思いやりが感じられた。

どことどこに行きたいんだい、時間はどれだけあるんだい、荷物はどれだい、と二人のおじさんがジェスチャーを交えて話す様子はちょっと古い映画のようだった。

運転手おじさんは私のスーツケースを見て、これは自分の車のトランクには少し大きいという。そこでキオスクおじさん、

「それならここで預かってあげるよ。ここ、ここに入れておくから」

と、カウンターの下の商品をかきわけてスペースを作る。

ええっ、と私は内心焦った。田舎町の善意の人たちである。間違いは起こらないと信じたい。貴重品はもちろん身につけているが、旅行用品一式がなくなってはこの先困る。いや、中身より大切なのは相棒のスーツケース。どうしよう。

ええい、ままよ。荷物を預け、タクシーに乗る。遺跡への旅は順調で、緑の中に続く長

い、崩れかけた城壁によじ登り、私は満足だった。

ローマ時代の遺跡にも寄ってもらい、無事駅に帰りつくと、キオスクのおじさんがにこにこして出迎えてくれた。スーツケースはおとなしく主を待っていた。城壁から眺めた夏の空と同じ色は、いつもとどこもかわらなかった。

第一章
❇
私と英国

初めてのロンドン

英文学、特に児童文学が大好きで、初めての海外旅行は絶対にロンドンと決めていた。夢が実現したのは高校二年生の夏。母と二人、ツアーでヨーロッパ旅行に行くことになった。今から三十年以上前のことである。

ロンドン、パリ、そして母が子供のころ憧《あこが》れていたスイスのジュネーブを回る。ホームズが、アリスが、ピーターが生まれた国に、本当に行けるのだ。

まだ直行便はなく、北米アンカレッジ経由の長いフライトだったが、友達のお父様の紹介でコックピットを見せてもらったりして、ロンドン・ヒースロー空港に到着した。

国会議事堂にビッグ・ベン、バッキンガム宮殿では赤い制服の衛兵交代、と定番の名所をバスで巡る。私はそのころ腰まであるストレートヘアだった。長い黒髪は珍しかったのだろう、道行く人が驚いたように振り向いたことを覚えている。

夜は私のたっての希望で、トラファルガー広場近くにあるパブ「ザ・シャーロック・ホームズ」に行った。一階は普通のパブだが、二階はホームズの部屋を再現したレストランになっている。パブは未成年が入ってはいけないのだが、ここはシャーロッキアンや観光客が多いためか、特に何も言われることはなく、私はホームズの胸像やパイプ、ペルシャスリッパなどを夢中で眺め、写真を撮った。

翌日は自由行動日で、これも私の憧れだったグリニッジへ行くバスツアーを予約していたのだが、なんと母がトイレに行っている間にバスは出発してしまった。茫然《ぼうぜん》としている私に、事務所の人は親切に、代わりに違うツアーではどう？　と勧めてくれた。私たちはロンドン塔に行くバスに乗せてもらい、天文台とカティー・サーク号見学の夢はお預けになったものの、歴史あるロンドン塔と、有名な跳ね橋のタワーブリッジの見学をたっぷり楽しんだ。

最後にベーカー街を訪れた。言わずと知れたシャーロッキアンの聖地である。まだ観光地化されておらず、博物館もなかったが、「あのベーカー街」にいま自分の足で立っているのだ、とそれだけで嬉しかった。ホームズが住んだとされる221b番地には保険会社があり、ホームズの秘書がいる。このあたりが英国人の洒落たところだ。名刺をもらって満足し、駅のホームのホームズの形のタイルの写真を撮って帰った。

そして飛行機でジュネーブへ向かう。レマン湖畔の町は、美しい花時計や噴水に彩られ、遠くスイスアルプスを望む。遊覧船からの眺めはおとぎの国のようだった。国連本部で見た絶滅危惧種の動物のパネルに感銘を受け、帰国してからレポートも書いた。時計の製造では世界屈指の町だということで、小さなカメオのついたペンダント時計を記念に買ってもらった。

ところがホテルに戻ると空調がおかしい。時々止まるのだ。フロントに言うと、少ししてハウスキーピングの女性が部屋まで来てくれた。私が、英語でどう説明したらいいんだろう、と考えていると、母は「グッド、ノーグッド、グッド」とジェスチャーをしながら、エアコンを指した。すると女性も「オーケイ」と笑ってエアコンをバンバンと叩く。「通じるんだ、それで」と私が唖然《あぜん》としている前で、彼女はエアコンが動き出すとニコニコして帰っていった。

そして最終滞在地パリへ。国際特急TGVで向かう。ガイドさんは「ここは私の顔パスですからね」と出入国審査場を笑顔で手を振って通り過ぎていく。パスポートを見るわけでもない。国境を越えるのにそれでいいのか、と思うのは海に囲まれた日本人の感覚か。地続きの欧州はおおらかだ。

車窓の眺めを楽しみ、約四時間でパリに到着した。バスでエッフェル塔、モンマルトル、ノートルダム寺院などを観光する。

最終日は少人数で、お土産を買いに出かけた。パリの地下鉄メトロの乗車券は十枚綴《つづ》りの回数券になっている。十枚はいらないので、ツアー仲間とシェアする。

買い物を終えてホテルに帰ろうとしたときのこと。私たちは逆方向の電車に乗ってしまった。メトロはホームに降りるとそこは改札の外だ。間違えたから反対方向の電車に乗って戻るということができない。反対の電車に乗るためにはまた乗車券がいるのだ。

これで最後の一枚なのに。明日帰国するのだ。当時は一回乗車券はなかった。また十枚買っても無駄である。

私は駅員さんに路線図を見せ、英語でこの駅に行きたいと言って指さすが、回数券を買いなさいという。ここで母は黙っていられなくなった。

「あのね、ここからここに行きたかったんだけど、間違っちゃったの、回数券ないのよ！」

完全に日本語である。おばさんの剣幕に押されてはいるが、通してはくれない。そのとき、一人のおばあさんが、改札口のバーをそろりそろりとくぐり、ホームへ入っていった。

「あっ」と叫んで指さすと、すかさず母が「ほら、あの人くぐったわよ、無賃乗車じゃない！」とまくしたてる。駅員はお手上げ、という顔で通してくれた。

ハプニング満載の旅だったが、やはり一番心に残るのはロンドンの風景。また行きたい、その強い思いで今まで十七回の渡英となった。

第一章

私と英国

ネス湖

スコットランド北部のネス湖は、私には深い思い入れのある場所だ。観光拠点となる町、インヴァネスから南西約四十キロにわたってのびる細長い湖で、古代の怪生物ネッシーが目撃されたとして話題を呼んだこともある。

最初はそれほど深く考えていたわけではない。同じ湖でも、ランサムの小説の舞台となり、ワーズワースがその美しさを讃《たた》え、ピーターラビットが跳ねていく、イングランド北部のウィンダミア湖のほうが、はるかに憧れの強い場所だった。

が、高校生のときからこれまで七回、英国旅行をしているが、どうもネス湖へ近づくと具合が悪くなり、Uターンするはめになる。

母は「あんたは、ネス湖は鬼門よ。もう行くのはあきらめなさい」と言う。

しかし、未だ見ぬためにかえって想いはつのるばかり。もう意地の域に入っている。「どうしても行く！　一度見れば気がすむの！」と一九九九年七月、夫を説得し、スコットランド旅行を計画した。ウィスキーの蒸留所巡りや珍鳥パフィンを訪ねるなど、盛りだくさんだったが、ネス湖は行程の最初に入れた。

私はいつもロンドンから北上しつつ、時計回りに旅をする癖があったが、気候の違いやストレス、疲れなどで、ちょうどスコットランドへ差しかかるころにダウンするのである。

今回はそれを計算に入れ、東京からロンドンに着いた翌日に、飛行機でエジンバラに入り、一泊して翌朝すぐにインヴァネスを目指した。

私たちの乗った特急は、険しいながらも自然の美しいスコットランドの田園を走り抜け、ほぼ定刻にインヴァネスへ到着した。

ここからはレンタカーで、目指すはネス湖。ネッシーとおぼしき着ぐるみ姿の人がチラシを配っているのを、笑いながら眺めてレンタカー会社の出張所へとやって来た。

中年の女性がにこやかに出迎えてくれる。日本で予約しているので手続きは簡単なはずだ。ところが信じられないことが起きた。

「ごめんなさい。オートマ車がないから、マニュアルの車になるけど」

彼女によると、私たちの前に借りた人が、延長手続きをした。ここには他にオートマ車がないので貸せない、ということらしい。

しかし、ヨーロッパではオートマ車の数が少ないので事前に確保しておくべき、と聞いてわざわざ日本ですべて手配してきたのだ。料金も割高だったが安心料と思って払ってきた。そのバウチャーを見せ、これは中型のオートマの料金だと夫が説明する。自分たちの予約があるのだから、延長を認めるべきではないと主張したが、彼女は首を横にふるばかり。

「気の毒だけど、どうもしてあげられないわ」

今日は日曜日でバスもない。ネス湖への交通手段は他にないのだ。ああ、ネス湖に近づくとどうしていつもトラブルが起きるのか。泣きたい気分の私。そのとき、夫が言った。

「わかった、マニュアル車でいいよ」

「えっ、運転できるの？」

「やってみるしかないだろう。明日からの行程にも車は要るんだし」

私はすがるように、手続きしている夫の背中を眺めていた。彼がマニュアル車を運転したのは十年以上も昔、アメリカ旅行をした時だけだと聞いている。私に至っては教習所以外でマニュアル車を運転したことはない。

「車はこっちよ。案内するわ」

駐車場で対面したのは空色のフォード。

「すぐ慣れるわよ。勘が戻るからね」

励まされ、私たちは車に乗った。彼女が帰って行くのを見ながら夫は言った。

「さて、練習するか。さすがにこのまま公道に出る勇気はないぞ」

言った途端にガガガガッともののすごい振動。エンストしているのだ。やれやれ先が思いやられる。

そして私たちはそのまま駐車場の中をぐるぐると、いや、ガクガクと回り続けた。三十分も続くと、衝突してもいないのにむち打ちになったような気分だ。必死でダッシュボードにしがみついていると、なんとレンタカー会社の女性が戻ってきたではないか。手に車のキーを持って走ってくる。

「こすり傷のある車を修理に出す予定で、キーを別にしてあったの。これはオートマなのよ。傷を気にしないなら貸してあげる」

「気にしないっ！　全然気にならない！」

私たちは叫び、拝むようにしてそのキーを受け取った。何度もお礼を言うと、彼女は笑顔で書類を作り直して帰って行った。

悪夢のようだった「練習」の後、オートマのボルボは快調に走り、三十分ほどでネス湖へ到着した。湖畔に佇《たたず》む古城が神秘的で美しい。

何度も何度も写真で、そしてテレビで見たのと同じ風景。今、その中にいるのだ。私は湖岸に下り、湖の水に手を浸した。冷たさが夢ではなく現実なのだと教えてくれた。

パフィンを訪ねて

パフィンという鳥をご存じだろうか。体長二、三十センチほどの中型の水鳥で、主にヨーロッパ北部に生息する。北海道で、ツノメドリというよく似た種類が見られるため、和名はニシツノメドリ。北の地の短い夏の間だけ、海辺の崖に巣を作り、子育てをする。

背中は黒く、お腹は白。よちよちと歩くかわいらしい姿で、よくペンギンと間違われるが、顔を見れば違いは一目瞭然。黒いつぶらな瞳は、白地にくっきりしたグレーの三角に囲まれており、オウムのように大きなくちばしは、つけ根部分から青灰色、黄、赤、オレンジの縞《しま》になっている。なんとも華やかなこの顔は、ファンの間では「ピエロのような」と形容されている。

一九九九年夏、私はパフィンを見るために、英国最北端、シェットランド諸島まで出かけた。

北欧ノルウェーの首都オスロよりも北に位置する島々は、夏至のころは白夜になる。ロンドンよりもオスロのほうが近く、飛行機もロンドンからの直行便はない。

めんどくさそうな顔をする夫を「本場のスコッチウィスキーがたっぷり飲めるよ」とな

んとか釣り上げ、私たちはまずロンドンへ、そこからスコットランドへと向かった。ウィスキー蒸留所やネス湖を訪れ、数日間ドライブしながらの旅を楽しんだ後、アバディーンからシェットランド行きの小型機に乗り込む。

ヴァイキングの文化が色濃く残るシェットランド諸島は、大小百以上の島々から成り、最大の島メインランドは、南北に細長く、中央に首都ラーウィックが位置する。

飛行機はメインランドの南端、サンバラ空港に到着した。ここから三キロほどのところに、海鳥のコロニー観測ポイントとして有名な、サンバラ・ヘッドがある。

夫がレンタカーの手配をしている間に、私は空港の案内デスクで道順を尋ねた。

優しそうなおばさんが「すぐよ」と言いながら、丁寧に教えてくれる。私は思わずたたみかけるように聞いた。

「そこでパフィンは見られるわよね？」

「もちろんよ！」

彼女はにこにこしながら答える。

誰もがそれを最大の目的として、島を訪れるのだろう。

期待に胸をドキドキさせながら車に乗った。羊がのどかに草を食む、いかにも英国の田舎らしい風景の、しかし、その向こうに広がるのは真っ青な海だ。その組み合わせがなんだか不思議な気もするが、違和感はない。

第一章

❇

私と英国

車はぐんぐん坂を登り、十分ほどでサンバラ・ヘッドに着いた。断崖絶壁とはまさにこのこと、という険しい崖の岩肌に、カモメやら海燕《つばめ》やらがうずくまって卵をあたためている。パフィンはどこにいるのだろう。

私たちは岬の灯台をめざして歩きながら、崖っぷちの柵の向こうをのぞき込んだ。

「あっっ！　いたーっ！」

探し求めたパフィンは柵のすぐ外にいた。ひょうしぬけするほど、すぐそこに。

「きゃあーっ！　かわいいーーっっ!!」

興奮しながらビデオを夫に押しつけ、自分は夢中でカメラのシャッターをきる。

「おおーっ、パフィンです。パフィンがいます。えー、少し寄ってみましょう」

「そんな変な解説入れないでよ、後で見るときおかしいじゃないっ」

「そんなことないよ。おっ、こっちを向きました。あくびをしています」

私たちの大騒ぎをよそに、パフィンたちは数羽ずつ寄り添い、「へんなのー」というように首をかしげ、ほわぁ、と口をあける。

海面から何百メートルの高さの崖には、一面に鳥たちが巣を作り、ガーガーいう声のうるささは尋常ではない。

また、それだけの鳥がいるため、排泄物と餌《えさ》の魚の腐った臭《にお》いとで鼻がまがりそうだ。

それをものともせず、私は一生懸命パフィンに呼びかけた。食べ物でつっては自然の生態を壊すことになるので、声と動作で気を引こうとする。

パフィンはあまり警戒心が強くないとのことで、私たちに驚いた気配もなく、水かきのついたオレンジ色の足で、不器用にぺたぺたと岩場を歩き回っている。

と思うと、一羽が翼を広げ、飛び立った。ペンギンのような外見に似合わず、旋回しながら大空を舞う。

写真で見ればかわいらしさが先に立つが、やはり大自然の中の、生の姿には野生の迫力があった。サファイアのような深い青色の海をバックに、実に印象的な風景だ。

「いつかまた来たいね」

どちらからともなく、そんな言葉が出た。

第一章
❊
私と英国

『時の娘』

丈の高い黒装束の影が一つ中庭の隅にあらわれる。苔《こけ》寒き石壁の中《うち》からスーと抜け出た様に思われた。（中略）「人殺しも多くしたが今日程寐覚《ねざめ》の悪い事はまたとあるまい」

夏目漱石の『倫敦塔』の一節である。リチャード三世の放った刺客が幼い王と王子をロンドン塔で殺害したくだりだ。

かくのごとくリチャード三世は歴代英国王の中で残虐、冷酷なイメージで知られてきたが、私は大学一年生のとき、その説に反論する『時の娘』という本に出会った。ジョセフィン・テイ女史の描くミステリーで、主人公はロンドン警視庁のグラント警部。仕事柄、人相の判定に自信を持つ彼が、稀代の殺人者といわれるリチャードの顔に疑問を持ち、歴史の謎に挑む。

警部はリチャードの肖像画を初めて見て、裁判官だと考えた。穏やかで憂いのある表情は幼い王子たちを無情に殺す人物とは考えがたい。歴史書をひもとき、当時の書簡を調べ、史実を追っていく。

「時の娘」は、「真理は時の娘 "Truth, The Daughter of time"」という古いことわざからとったものだ。真実は今は隠れていても、時の経過とともに明らかになるという意味で、紀元前二世紀ごろから使われている。

ちなみに現在、英国ではリチャード無実論は一般的にも受け入れられている。

私はこの本に魅せられ、英国史の教授のもとへ何度も足を運び、図書館にこもり、研究を続けた。ついには卒論テーマにリチャード三世を選び、足跡を訪ねるため、英国旅行を計画した。二年かけてアルバイト代をため、飛行機は安いアジア系エアライン、B&Bというわゆる民宿に泊まるというと、母からストップがかかった。旅行自体をやめさせられることはなかったものの、自力で行くと意地を張った私に、差額は出してあげるからとフライトは英国航空に、泊まるところは日本の旅行代理店で予約できるホテルにと強引に変更させられた。ツアーでなく個人旅行で、しかも女子学生が一人でとなれば、よく許してくれたとは思う。母も私の情熱を理解していたのだろう。

そして私の歴史探訪大冒険が始まった。

英国中世史上最大の内乱「ばら戦争」は一四五五年から三十年続く、白ばらのヨーク家と赤ばらのランカスター家の王位争奪戦だ。お家騒動と言ってしまえばそれまでだが、複雑な家系のもつれと、秩序がまだ確立されていない時代が最大の要因となり、両軍はあちこちで火花を散らした。

第一章

※

私と英国

まず惨劇の舞台となったロンドン塔を訪ねる。塔と名がつくが、ここは十一世紀のウィリアム征服王の砦《とりで》から始まる王の居城である。リチャードは王位を手に入れるため、亡兄の息子、つまり自分の甥《おい》である幼いエドワード五世とその弟をここで殺害させたとされているが、証拠はなく、実際には二人は行方不明だった。しかし事件後二百年たった十七世紀に城の中の「血の塔(Bloody Tower)」から、男の子二人の遺体が発見され、リチャードが手を下したかどうかは別として、遺骨は王と王子のものとされ、埋葬された。

リチャードがロンドンで住んだというクロスビーホールや、両軍の最初の激突の舞台となった郊外の町セント・オールバンズ、そしてのちにリチャードを破り王位につくヘンリー七世が決戦前に宿営した中部の町シュルーズベリと、ブリテン島をあちこち訪ね歩き、私の心は躍った。

そして最大の目的地はボズワースフィールドだ。ばら戦争の最終決戦地であり、リチャード終焉《しゅうえん》の地であるこの古戦場跡をなんとしても自分の目で見たい。鉄道すら通っていない平野の真ん中だが、あきらめなかった。まずシュルーズベリから一時間の大都市バーミンガムへ向かった。この町で乗り換え、さらに三十分かけてナニートンへ向かう。ここから約六マイル北にボズワースの古戦場がある。しかしナニートンは小さな田舎町で、観光バスはおろか路線バスも通っていない。

タクシーに乗ろうか、私は迷った。二十年以上前のこと。田舎は治安がいいから一人でタクシーに乗ってもきっと大丈夫と自分を納得させる。物価も安いので料金も高額ではないが、学生なので出費は痛い。それでもリチャードのためなら惜しくはない。意を決して駅前にいたタクシーに歩み寄る。ドライバーは女性だった。

「ボズワースのバトルフィールドまで往復お願いできますか？」

快くOKしてくれ、道々論文のことなどを話すと「バトルフィールドセンター」という史跡博物館へ寄ってくれた。「待っていてあげるから、ゆっくり見てらっしゃい」と言ってくれる。

センター内は当時の装備の展示や布陣を示す図があり、夏休みに歴史の勉強に訪れたのか親子連れが目立った。日本では考えられない情報の多さと深さに本場を堪能し、リチャード三世の紋章入りスカーフなどのみやげ物まで手に入れて、たっぷり楽しんだ。

その後リチャードが最後に水を飲んだ井戸を探し、ボズワースの野を車でうろうろ。女性ドライバーさんは本当に親切だった。はるばる日本から女の子が一人で来たなんて、なんとか願いをかなえてあげたい、そんな気持ちが伝わってきた。二人で地図をのぞき込み、方角を確認し、ついに井戸を探し当てたときは手を取りあって喜んだ。

三角のテントのような形に石を積んだ中に井戸があった。壁には銅板が打ってあり、リチャードが最後の決戦に臨む前にここで水を飲んだとラテン語で刻まれていた。地元では敬愛されていた君主だったということがわかっている。

第一章
❇
私と英国

寛大だった彼は謀反を起こした部下を放免したが、その結果、再度の裏切りによって戦場で形勢不利に追い込まれた。

リチャードの命日は八月二十三日。

平原にはスタンダードと呼ばれる三角形の旗があちこちに翻り、各軍の配置を示している。澄んだ夏の空はたぶん五百年前のその夏の日と変わらぬ青さなのだろうと、リチャードの印である白ばらといのししのスタンダードを眺めながら感慨にふけった。

リチャード三世が命を落とした場所には石碑が建っていた。

混戦の中で馬を失い、

「馬を！　馬を！　ここに一頭の馬あらば、わが王国をくれてやる！」

最後にそう叫んだと伝えられている。

真理は時の娘。

ヨーク

特急インターシティを降り、駅舎を出ると、中世の城壁がそびえ、町へと続いている。英国北部の古都ヨーク。紀元七一年にローマ人によって創建され、ヴァイキングに占領されるなどの変遷を経て、ロンドンにつぐ英国第二の都市として繁栄した。

大学時代英文学を専攻したが、歴史に興味を持ち、ヨーク王家最後の王、リチャード三世をテーマに卒論を書いた。その下調べに、三年生の夏休みに英国各地のリチャードゆかりの地を巡ったが、家名の由縁《ゆえん》たるヨークは体調不良で訪れることかなわず、ずっと心残りだった。そのため三年後、結婚を控えてのヨーロッパ一人旅で迷わずこの地を予定に組み込んだ。それから十数年がたち、今や子育てでなかなか旅行もままならないが、あのときの情熱は今も色あせず思い出すことができる。

ウーズ川を渡り町の中心へと向かう。すぐ目の前に姿を現したのはヨークミンスター。約二百五十年もの歳月をかけて、十五世紀後半に完成した英国最大を誇る大聖堂である。ゴシック建築の特徴である天をつくような高い尖塔を見上げながら入り口のアーチをくぐる。

正面のステンドグラスは陽光を計算しつくして作られたのだろう、美しくきらめく色とりどりの宝石のようだ。しかし、最も名高いのは左側の袖廊《しゅうろう》にある Five Sisters（五人姉妹）と呼ばれるステンドグラスだ。淡いグリーンの細いグラスが、その名のとおり五枚並び、えも言われぬ穏やかな光を放っている。荘厳な雰囲気の中でしばらく祈りをささげ、その後セントラルタワーに上った。いったい何段あったのか、息を切らして最上階にたどり着くと、そこからの眺めは圧巻だった。遠く、人形の家のような町並みの中、キラキラ光るリボンのようにウーズ川が流れている。大聖堂の小尖塔やガーゴイルを間近に見下ろすことができるのも新鮮だった。

大聖堂を後にして石畳のシャンブルスという通りを歩く。両側の家々は、黒くて太い木材の骨組みと、間をうめる漆喰のコントラストの美しいハーフティンバー（木骨造り）で、皆一階より二階、二階より三階がせり出し、トンネルのように道に家が覆いかぶさっている。昔は突き出した軒の下に肉をぶらさげて売っていたそうだ。現在はかわいらしい雑貨やクラフト、アンティークなどの店が立ち並ぶ、観光客に人気の通りとなっている。

ウィンドウのクリスマスグッズに足をとめた。真夏なのに一歩中へ入るとクリスマス。オルゴールの音色が響き、木でできたかわいらしい人形やミニチュア、オーナメントが並んでいる。中でも、ろうそくに火をともすと、熱による気流で羽が回り、一緒に天使たちが回転するキャンドルスタンドが幻想的で見とれてしまった。ドイツ、エルツ地方の伝統工芸で、クリスマスピラミッドと呼ばれている。キリスト生誕などモチーフはいろいろあって、羊飼いや聖歌隊が回るものなど様々だ。小さめの天使のものを選び、購入した。歩き続けて町の反対側へぬけると、丘の上に十三世紀のヨーク城の一部であったクリフォードタワーが建っている。ヨーク城はリチャード三世が在位中には改築の命も出されたが、彼の戦死で遂行されることもなく、現在では城址はない。

リチャード三世は、兄王の死後、王位簒奪《さんだつ》を目的に甥のエドワード五世を殺害したとされてきたが、近年それが冤罪《えんざい》ではないかとの説が浮上してきている。

一四五五年、三十年間続くばら戦争が始まった。王位を巡る、英国史上最大の内乱である。中世では正当な婚姻による嫡子の他に庶子も多く、混乱をきわめた。リチャードは兄エドワード四世の在位中、反乱分子には耳をかさず、一貫して兄に忠誠をつくし、また自分の治世においても寛容な君主であったという。リチャードを倒し、新王朝を築いたヘンリー七世が、自分の王位を正当化し、安泰にするためリチャード悪王説をでっちあげたという見方もあり、それがのちの世に広まって、シェイクスピアの史劇に登場する狡猾、非情な悪人像へとつながったのではないかといわれている。

一九五一年出版の歴史ミステリー『時の娘』では、入院した警部が図書館の本からリチャード悪人説に疑問を持ち、謎解きに挑む姿がおもしろく描かれている。私は強くリチャード三世に惹《ひ》かれ、ばら戦争に興味を持ち、論文を書く意思を固めたのだ。

町をぐるりととりまく城壁にはところどころにバーと呼ばれる城門がある。このうちの一つモンク・バーにリチャード三世ミュージアムがあった。

中には当時の記録や書簡などの資料が展示され、本場ならではの情報量を堪能した。やはり日本で手に入るものとはレベルが違う。図書館にこもってひたむきに論文を書いた学生時代をなつかしく思い出した。

出口にノートが置いてあり、リチャードはGuilty（有罪）かInnocent（無罪）かにサインするようになっていた。しかし私が愕然《がくぜん》としたのは、一か所その欄を無視して“I feel history!”と書いてあったこと。そしてその横には日本人の名前が……。内容をまったく理解せず、感想ノートだと思ったのだろう。同じ日本人として恥ずかしさを覚えながらInnocentにサインして出た。

夕方、城壁にのぼった。ところどころ崩れてしまっているが、石畳が続き、なんとか一周することができる。英国内に城壁の残る町は多いが、ほぼ完全に一周できるのはここヨークとチェスターくらいだ。

結構長い道のりだったが、夕暮れ空をバックにした大聖堂があらゆる角度から眺められ、素晴らしい散歩となった。

Bridges in Britain

1. Pooh Sticks Bridge　プー棒投げ橋

さて、ある日のこと、プーとコブタとウサギとルーは、いっしょに「プー棒投げ」をして遊んでいました。みんなは、ウサギの「さあ！」という声を合図に、棒をなげて、それから、大いそぎで橋の反対がわにかけつけると、いまや橋からのりだし、だれのが先に出てくるかと待っているところです。

『プー横丁にたった家』Ａ・Ａ・ミルン作、石井桃子訳より

二〇〇〇年夏、『くまのプーさん』『プー横丁にたった家』の舞台となった英国南部ハートフィールドを訪ねた。

小さな田舎町で交通の便が悪いのだが、ロンドン近郊に暮らすＹ子さんが車で同行してくれるとのありがたいお申し出に、長年の夢がかなうことになった。彼女の息子Ｈ君と三人で出発。小学生だが礼儀正しい小さな紳士は、私の荷物まで持ってくれる。

緑がまぶしいばかりの真夏の英国。特に南部は私の大好きな画家ターナーやコンスタブルの絵画そのままの、のどかで美しい田園風景が広がる。放牧され、草を食む馬や羊の姿

に「かわいい！」と声をあげる。その中に目的のハートフィールドと童話の森があった。村の真ん中にはその名も「プーコーナー」という雑貨屋が一軒。プーグッズが所狭しと並んだ中でおみやげを選び、写真を撮った。

近隣には作者ミルンの住んだ家をはじめ、プーさんのお話にでてくるスポットが点在する。プーコーナーで地図をもらい散策にでた。森の中をしばらくいくと小川にかかった木の橋が現れた。プー棒投げ橋だ。本のさし絵そのままのかわいらしい姿。ここで、プーと仲間たちは一緒に木の枝（Stick）を川に投げて遊んだのだ。

私もH君と競って小枝を探し、橋の上から上流に向かって投げた。流れにのった枝が橋の下をくぐっていく間に、急ぎ反対側から首を出す。と、枝が足元から顔をだし、すいーっと流れていく。

単純な遊びに子供と一緒にはしゃぎ、すっかり童心に返ってしまった。森の魔法は今も生きているに違いない。

2．Tower Bridge　タワー・ブリッジ

「London Bridge is falling down, falling down, falling down,
London Bridge is falling down, My fair lady」

歌にも歌われるロンドン橋。ロンドンのテムズ河にかかってるのよね、というのは誰で

も知っているところ。

そしてガイドブックの表紙やポスターによく登場する塔のある美しい橋。おとぎ話のお城のような塔が二つ並んだ姿は、ロンドンに行ったことがなくても、目にしたことはあるだろう。

この二つを結びつけ、塔のある橋がロンドンブリッジだと誤解している人が多いが、塔のあるのはタワーブリッジ。ロンドンブリッジはもう一つ上流にある、美しいが、塔などのない地味な橋である。

では塔があるからタワーブリッジというのかというと、さにあらず。由来はすぐ近くにロンドン塔があるため、なのだそうだ。

アン・ブーリンはじめ多くの人々が幽閉され、暗殺され、数々の悲劇を生んだロンドン塔。そのおどろおどろしい歴史の舞台を覆い隠すかのように、優雅にそびえるタワーブリッジは、二十年近く前、初めてロンドンを訪れた私に、一番強い印象を残した。

塔の中をエレベーターで上がると、二つの塔の間を歩いて渡れるガラス張りの歩道橋があり、市内を見渡せる。自動車も通れる下の跳ね橋は、大型船が航行するときには両側に上がる。十九世紀末の完成当初は日に五十回も上がったというが、現在は週に三回ほど。

ぜひ見てみたいと思いながらも、なかなかチャンスにめぐまれなかった。

が、五回目の訪英で、友人とテムズ河に面したレストランで食事を楽しんでいたときのこと。日も暮れてきて、「いい景色ねえ」などと言っていると、タワーブリッジの跳ね橋が、ゆっくりと上がりはじめたではないか。

お客は皆テラスへ出ていく。歓声があがる。私たちも急ぎカメラを手に川べりへ出た。昼間と違い、無数のライトに照らし出された姿は幻想的で、その開いた橋の間をゆるゆると船がすべっていくさまは、ショーを観ているかのようだった。

3. Clifton Suspension Bridge　クリフトンつり橋

まだ学生だったころ、英国西部のブリストルを訪れた。

訪問地を決めるときは、大好きな英国史や、文学に登場した都市であることにこだわって選ぶ。宗教紛争の舞台カンタベリー。お風呂の語原となったバース。ヘイスティングスの古戦場跡は駅からあまり遠くはなかったが、ボズワースの古戦場跡は、タクシーで四十分もかけてたどり着いた。それでも自分の目で歴史の舞台を見たかったのだ。

ブリストルは、スティーブンソンの『宝島』で主人公たちの船が出港した港町である。

いつも新しい町に着くと、まず「i」と呼ばれるインフォメーションに向かい、地図を手に入れ、歩き始める。地図に載っている有名スポットはできるだけ余さず見て回ると決めていた。若さゆえに欲張りでもあった。体力もあった。

ところが、ブリストルは中世から貿易港として栄えてきた港町で、現在も金融、経済の拠点となる大都市である。それまで回った町とは規模が違いすぎた。観光スポットも広い範囲に点在している。

駅のそばの壮大な聖メアリ・レッドクリフ教会から始めて、いつものように名所を回り、最後に町外れのクリフトンつり橋に向かった。三十分も歩いただろうか。駅を出たときから考えればもう三時間はたっている。へとへとになった私の前に、やっと、大きなつり橋が姿を現した。山あいに、二つの茶色い塔が建ち、その間に自動車も通れる広い橋がかけられている。上からワイヤーが何本もつながっているが、巨大な橋はそれでつってあるようには、素人目には見えなかった。まあ構造学上は、そのワイヤーも支えになっているのだろう。

私は息をはずませ、つり橋を眺めた。正直、感動したとかびっくりしたとかいった記憶はない。ただひたすら疲れたという覚えがある。何せ、これから街中まで歩いて帰らなければならないのだから。こんなに遠いところ、やめておけばよかったのだ。

「だって、この橋がブリストルのシンボルです、なんて書かれたら、見に行かないわけにいかないじゃないねえ」

と、私は一人ぶつぶつつぶやきながら帰路についた。

4. Post Bridge　ポスト・ブリッジ

第一章

❋

私と英国

一九九三年、コーンウォール州とデボン州を訪れた。

ブリテン島の西の端コーンウォールは、ロンドンからたっぷり五時間かかる。気候が温暖なので、コーニッシュ・リビエラとも呼ばれるゆったりした土地柄だ。

今回の最大の目的はデボンにあるダートムーア。ムーアとは、ヘザーという低い灌木《かんぼく》が茂る荒野のこと。そしてここはシャーロック・ホームズの舞台として有名で、シャーロッキアンならロンドンの次に、一度は訪れてみたいところだ。


霧の影の中からとびだしてきた恐るべきものの姿に、思わず気が遠くなりそうだった。犬だ！　漆黒の巨大な犬だ。これほど巨大な犬がいようとは！　開いた口は火をふき、目は赤くらんらんとかがやき、鼻から首すじにかけてはゆらめく業火につつまれている。

『バスカヴィル家の犬』コナン・ドイル著、小池滋監訳より

闇に浮かぶ魔犬の物語がよく似合う荒涼とした土地である。

ムーアの中を走るバスの窓から眺めていると、ごつごつした粗い岩肌のところどころに緑がのぞき、馬が草をはんでいた。緑の中に底なし沼が隠れていて、子馬が飲み込まれたくだりがあったなと思い出す。

昼の光の中だからよいが、夜だったらいかにシャーロッキアンとはいえ、近づきたくないなあ、と魔犬を思い浮かべて、私はぶるぶるっと身を震わせた。

ダートムーアのほぼ真ん中、Postbridgeという村でバスを降りた。小川にかかる石造りの橋が村名の由来らしい。どっしりとした石の柱―Postの上に石の一枚板が渡されている。小川はあまり深くないようで、六月末の暑い日差しの下、子供たちが歓声をあげていた。恐ろしい伝説とはうらはらに、ムーアの中のオアシスのような村だ。

結婚を控えての一人旅。毎日電話してくる婚約者の声に日本が恋しくなり始めているところだった。

「タウンホールでアンティークフェア開催」のポスターを見つけ、そちらへ向かった。

村の集会所という趣の小さな建物の中に、陶器やカードなど手作りクラフトの展示即売コーナー、かわいらしい雑貨などのフリーマーケットコーナーがある。

優しい笑顔のおじいさんが、陶器をたくさん並べたテーブルの後ろに立っている。ぽってりと少し厚めの陶器は素朴な色合いで、どれも手びねりらしい味わいがあった。

「みんな私が作ったんだよ」

おじいさんは自分の子供のように優しい目で眺め、満足そうに言った。

私は大きめのグレーのボウルが気に入り、サラダを盛ったら素敵だろうな、と想像したが、やはりあきらめるしかない。「東京まで持って帰るのは無理だと思うの」と言うと、

第一章

❊

私と英国

おじいさんは「わかるよ」とほほ笑んだ。都会の店のように、宅配便で送ればいいじゃない、などと言わない、そんなところに心がきゅんとする。

記念にマグカップを一つ購入し、写真を撮っていい？　と聞くと、彼は「私の？」とびっくりし、エプロンをちょいちょいと引っ張って整え、嬉しそうにこちらを向いた。

おじいさんとおしゃべりした後は、喫茶コーナーでクリームティーを頼んだ。

これはクリームを浮かせた紅茶ではなく、ミルクティーとスコーンのセットのこと。スコーンにはストロベリージャムと、デボン名物のクリームがたっぷり添えられている。

暑くても湿度の低い英国の夏、熱い紅茶がすっとのどにしみるようだった。そして、クリームのこくのあっておいしいこと。

「お茶のおかわりはいかが？」

と若い女の子が聞きに来てくれた。心の底から嬉しそうな笑顔に、ぴりぴりと張り詰めていた神経がほぐれ、東京をたって以来、初めてほっと息をついた。

夕ご飯に間に合いたくて……

英国では食べ物がまずい、とよく言われてきた。朝食だけはおいしい、とか、英国人は食べ物に対して興味がないのだ、とか。

ところが近年、モダン・ブリティッシュという料理のジャンルが出現し、「ロンドンのおいしいお店」などの特集を組む雑誌も多いし、彼の地の好景気も手伝ってか、レストラン業の発展も目ざましい。

しかしそんな最近の話ではなく、十年以上前、私が英国で食べた料理も、当時の評判に反しておいしかった。大学一年の夏、短期語学研修でホームステイをしたとき、ステイ先のお母さんの料理はおいしかったのだ。

何も豪勢な料理ではない。英国名物といって挙げられるローストビーフやドーバーソールなどには、まずもってお目にかからなかった。お昼のお弁当はレバーペーストや卵のサンドイッチ。りんごやサイダー、クリスプスと呼ばれるポテトチップスが添えられる、地元の子供たちには定番のお弁当。

夕ご飯は、牛肉のソテーや、ゆでた野菜やきのこなど。そして英国人はこちらをポテトチップスと呼ぶので、日本人が混乱しやすいフライドポテトがたくさん。

第一章

❊

私と英国

「ハイ、ディア。今日は学校はどうだった？」

と聞きながら、お母さんは料理を取り分けてくれる。学校のことや、放課後に見物したところの話をしながら、その家のおちびさんたちも一緒に、賑やかに囲む夕食のテーブルは楽しかった。

ルームメイトのまりちゃんは、同級生と外食したり、クラブに行ったりと夕食の席にいないことも多かったが、私は根がまじめなのも手伝って、夜遊びなどとはとんと縁がなく、六時の夕ご飯までには必ず家に帰っていた。

そんなある日のこと、私はロンドンの街を駅に向かって走っていた。観光に夢中になっていて、いつもより遅い時間になってしまったからだ。

焦ってヴィクトリア駅のホームに駆け込む。東京でいえば上野駅のようなターミナル駅で、ドーバー海峡のフェリーに接続する国際列車も発着する。私の家は、ここから各駅停車で二十分ほどのブロムレーという町にあった。

いつも乗る列車はもう出てしまった。どうしよう。夕ご飯に間に合わない。

そのとき、ホームのブロムレーサウス行きに気づいた。同じブロムレーの町でも、私が下りるのはショートランズ駅。その一つ先がブロムレーサウスである。

でも、これは各駅停車だから、ショートランズにもとまるわね、と列車に乗って、ホッと一息ついた。

ところがその列車は、発車してしばらくすると、なんといつもと違う路線を走り始めたではないか。おたおたするが降りるわけにもいかず、ショートランズを通らずにブロムレーサウスに着いてしまった。

さて困った。一駅とはいえ、家まで歩くのは遠い。反対方向の列車で戻るしかないだろう。私は向かい側のホームへ行こうと階段を上り始めた。するとタイミングよく、上りホームにヴィクトリア行きの列車が入ってきた。

「ラッキー」

私はその列車に飛び乗った。これで夕ご飯には滑りこみセーフ。しかしさっきのように路線が違っては、と考えて、そばにいた乗客に声をかけた。

「これはヴィクトリア行きですね？」

「そうよ」

「ショートランズに止まりますか？」

「あら、これは急行よ。ヴィクトリアまで止まらないわ」

私は頭の血がさーっとひくのを感じた。車体がガタンと揺れ、動き出す。これでは振り出しに戻ってしまう。

考えるより先に行動に出た。取っ手を回し、ドアを開け、動いている列車からホームに飛び降りたのだ。

第一章

❇

私と英国

当時の英国国鉄は、ドアの開閉が手動だった。飛び降りるのと同時に、ドアを勢いよく押して閉めようとしたが、うまくいかず、私はバランスを崩してホームに倒れ、列車は開いたままのドアをゆらゆらさせながら、十数メートル進んで停車した。

駅員さんが飛んできた。車内の人がたくさん、何ごとかと窓から顔を出す。

幸いにして私はどこもケガしてはいなかったが、駅員さんからこっぴどく怒られた。

「危ないじゃないか、なんてことをするんだ」

怒られている内容はわかるのだが、つたない英語では弁解が難しい。「ソーリー」だけをつぶやき、頭を下げる。

やっと放免してもらい、次の各駅停車を待って家へ帰った。もちろん夕ご飯には大遅刻だ。

心配させては悪いと思い、ステイ先のお母さんには電車飛び降り事件のことは話さなかった。

が、日本に帰ってきてからは、友達に「私は英国国鉄を止めた女なのよ」と自慢している。

舞台裏

二〇一〇年、ロンドンでミュージカル「マンマミーア」を観た。母子家庭の少女ソフィが、結婚を控え、父親を探しだそうとするコメディだ。

当日の朝窓口へ行ったので、舞台から少し離れた二階席か、最前列しか残っていなかった。

以前ロンドンの劇場で最前列に座ったことがあるが、それは主役のジェレミー・ブレット氏のファンで、近くで見たかったため。お芝居全体を楽しむには、舞台から程よく離れた七〜八列目あたりがよいのだろうが、このときはカーテンコールのときブレット氏に手紙を渡し、握手してもらい、大満足で帰ってきた。

さて今回は大きな劇場で、ダンスも多いミュージカル。一番前はきついかな、と思ったが、役者の動きや舞台装置がよく見られていいか、と最前列席のチケットを購入した。

私がなぜ舞台装置などに興味を持つかというと、遡《さかのぼ》ること十数年前、大学生のとき英語劇のスタッフをつとめたことがあるからだ。

英文学科の学生有志が毎年上演する英語劇、通称「ゴゲキ」。英文学会の後押しがあり、予算も少しもらえるとはいえ、放課後や週末の練習がきついので、希望者はあまりいな

第一章

❇

私と英国

かった。

プロデューサーは手当たり次第声をかけていたらしい。講義の後の教室で「ゆきちゃんもやらない？」と誘われたのが始まりだった。

お芝居には興味なかったが、今年は演目が「ハムレット」と聞いて、論文のテーマをシェイクスピアにしようと思っていた私は興味をひかれた。

「うーん、それなら手伝ってもいいよ」なんて言ったのが運のつき。結局、舞台スタッフの要《かなめ》であるステージマネージャーを任されることになってしまった。それも本来三人いるはずのところ、人手不足で二人だけ。しかし音響《サウンド》、照明《ライト》、大道具《アート》、小道具《プロップ》、皆人数が足りないのだから文句も言えない。挙げ句はキャストの人数も少ないから、とハムレットはとりやめ、シェーファー作の「ブラック・コメディ」に演目まで変わってしまった。

一緒にステマネをやることになったたまちゃんと、二人とも不安な気持ちは同じだった。キャストは当然英語で台詞《せりふ》を言うわけだから、覚えるのに必死。発音するのにも必死。一方スタッフは少ない予算で舞台装置をととのえるのに必死。

「ブラック・コメディ」はパーティー会場に集まった男女が人違いをくり返す話で、舞台は暗闇の中という設定で進む。場は会場の家一か所だから、大がかりなセットは一つだけですむ。衣装や小道具はできるだけ自分たちで手作りした。「かつら代ないしね」と、男役をやるために髪を切ってしまった子もいた。

ディレクターの怒声が飛ぶ中、練習を重ね、やっと迎えた上演当日。

私はヘッドホンとマイクをつけ、客席中央に設けられたスタッフ席に陣取った。ここから全体を見渡し、指示を出すのが私の仕事。楽屋の仕切りは舞台袖に待機するもう一人のステマネたまちゃんに任せる。

順調に進み後半に入ったとき、なんと小道具の仏像の首がころっと落ちたではないか。

「プロップ！　プロップ、聞こえますか。仏像の首、落ちました！」

粘土で手作りしたのがまずかったか。心臓が飛び出す思いだったが、キャストの一人が何食わぬ顔で首をひろい、場面転換のときになんとか小道具係《プロップ》に手渡した。

ハプニングもあったが、盛大な拍手で幕を閉じ、たくさんの苦労と笑いとともに、学生時代の忘れられない思い出になった。


劇場の前でタクシーを降りると、開演前に一杯、という人で入り口付近は大混雑。中に入ると予想以上に大きな劇場で、案内されて最前列まで行くと、目の前にオーケストラピットがあった。舞台の真下にある穴倉のようなところでバンドが生演奏するのだ。

「へえー、これがオケピかあ」

初めて見た。

間もなく開演。すぐ足元からのサウンドは大迫力。私のすぐ横には指揮者がいる。

第一章

❇

私と英国

近いから、ステージに登場した主役の女の子のお腹がちょっとぷにぷにしているのまで見える。女優さんでもお腹に脂肪がつくのねえ。くすっと笑いがこみあげた。

場面転換でスタッフが手際よく大道具を移動させる様子もよく見えた。

そしてびっくりしたのは、役者の背中にマイクがつけられていたこと。舞台は生の声でやるのかと思っていたが、これだけ大きいところでは肉声で隅々までは届かないのだろう。しかし、とてもうまくとりつけられていて、男の子が水着姿になったときはじめて、背中に肌色のテープでとめてあるのに気づいた。後ろのほうの席だったらわからなかっただろう。

ステージマネージャーはどの辺から見ているのかなあ。ふとそんなことを思った。こんな立派な舞台を成功させるにはどれだけたくさんの人の努力が必要なのだろう。私たちの努力の結晶の小さな舞台とふっと重なった。

テディベア

英国中部コッツウォルズ地方に、ストウ・オン・ザ・ウォルドという町がある。端から端まで歩いても、一時間はかからないような小さな町だが、いたるところにアンティークショップが並び、世界中からバイヤーたちが集まることで有名だ。

この町の路地を散策していたとき、かわいらしいテディベアショップを見つけた。アンティークのテディベアは人気が高く、高値がつく。一体何十万円などというものもあったりする。

私はコレクターではないので、そんな高額なものには手は出さないが、ぬいぐるみはかわいいので大好き。ついその店のウィンドウに吸い寄せられた。

すると出窓の端に、シャーロック・ホームズの格好をしたテディベアがいるではないか。一人前にディアストーカーをかぶり、インヴァネス姿で気取っている。シャーロッキアンとしては見逃せない。

私はそっと入り口をくぐった。

こぢんまりした店内には、所狭しとベアたちが並ぶ。店主が愛想よく声をかけてきた。

「何かお探しですか」

第一章
❊
私と英国

「いいえ、見てるだけ。ありがとう」

お決まりのせりふを口にして、私は窓際へ行った。

のぞき込んでみるが、一段低くなっていて、ホームズベアは見えない。他のベアの値札をチラチラ見ながら、私は困っていた。

あのホームズ欲しいなあ。でもきっとすごく高いに決まっている。それに、自分の家に代々ゆずられてきたアンティークならよいが、誰が触ったかわからないアンティークのぬいぐるみ、というのにも抵抗があった。

今すぐ店を出たほうがいい。

でも、見るだけならいいではないか。

迷いながら、再び出窓をのぞき込むと、店主のおばさんが「どうしたの？」と言ってこちらへ来た。

私は思い切って口にした。

「そこにホームズがいると思うんだけど。外から見たの」

すると彼女は笑いながら「ああ、あれね」と手を伸ばして、ホームズベアをとってくれた。

直立姿勢の薄茶色のテディベアが、茶色のチェックのインヴァネスコートを着ている。帽子もお揃《そろ》いだ。さすが英国だけあって、品のよい色・柄で、ベアの表情もよい。それにとてもきれいで、どこにも汚れやほつれはない。

えい、勢いだ。聞いてしまえ。

「おいくらですか」

「二十四ポンドよ」

その値段は邦貨にして四千円ほど。びっくりした表情の私に、

「これはアンティークでなくて新品よ」

彼女はベアについているタグをさして言った。

タグに書かれた名前、メリーソート社は、有名な英国のテディベアメーカーだが、新品なので、普通の玩具店値段だ。

一気に力が抜けていくのを感じながらも、即決した。

「この子、ください」

代金を払い、にこにこと見送ってくれる店主に挨拶をする。そしてそのままホームズベアを抱きしめ、店を出た。

今もリビングのソファに一緒に座っている。

ハリー、ハリー、ハリー！

親子揃ってハリー・ポッターファンだ。魔法にドラゴン、英国ファンタジーが大好きで英文科に進んだ私がはまらないわけがない。一巻を初めて手にした日から、夢中で読みふけった。

日本での第一巻発売は一九九九年末。すでに海外では大ブームで、この年映画化が決定。公開は二〇〇一年十一月。長女を出産して間もなかったが、夫が娘を見てくれている間に映画館へ走り、つかの間の魔法の世界を楽しんだ。

二〇〇四年六月には三作目『ハリー・ポッターとアズカバンの囚人』が公開された。しかしお腹に双子がいると判明し、体調も悪かった。閉鎖した空間で、大音響の映画は勧められないと言われたが、夫に懇願し、付き添ってもらう約束で主治医の許可を得て、スリリングな新作を堪能した。双胎妊娠のため、それ以降は外出もできず、薄氷を踏むような妊娠生活だったが、九月発売の第五巻を手に乗り切った。

さて胎教がよかったか、子供たちは揃ってハリー好き。長女が二歳のとき、手に持った割り箸を振り「えくすぺと、ぱと〜にゃむ」と唱える姿には思わず皆笑い出した。

幼稚園年長の夏には映画館で観たいと言い出し、怖がるのではないかという周囲の心配をよそに「楽しかった〜」と、けろっとしていた。本場ロンドンで購入したローブを着て近所のハロウィンコンテストにも出場。ハリーの親友ハーマイオニー気分である。二年生の春にはシリーズ全巻を読破した。

双子の弟たちも大きくなり、一緒に映画を楽しむようになった。ハロウィンでお姉ちゃんのおさがりのローブをもらってハリーに仮装した長男は、これがなかなかいけている。皆にそっくりと言われてすっかりハリー気取りである。

最終作のDVDは発売と同時に購入。どうせなら一作目から全部通して観よう、題してハリーマラソン。大量のポップコーンを購入し、お正月に皆で盛り上がった。

そして二〇一一年、ロンドン近郊に、ワーナーのハリー・ポッター公式スタジオツアーがオープンした。

夏の旅行はパリの予定だが、目下ワインの勉強中の夫は、ボルドーのワイナリー巡りもしたいという。子供を連れて行くところではないし、パリで待つのもつまらない。

「ロンドンへハリーのスタジオを見に行こう、海の底を走る新幹線にも乗れるよ」

と言うと子供たちは大喜び。

「パパ、いいよ、ワインゆっくり行ってきて」

復習のため、ともう一度全作通して映画を観ながら騒いでいると、「なんか、盛り上がってんなあ」と夫は少し寂しそう。

第一章
❊
私と英国

パリで別れる当日も、「元気でね、気をつけてね、電話してね」と彼は寂しそうに私と子供たちにハグしてタクシーに乗り、リヨン駅へと向かった。

一方北駅に向かいながら、大好きなハリーの待つロンドンに心は飛んで、大興奮の子供たちに対し、私は少し緊張気味。一人旅には慣れているし、ロンドンは十五回目だが、パパなしで子供を連れて国境を越えるのは初めてだ。しかし出国も入国審査もスムーズで、あっという間にユーロスターは海峡を越え、無事ロンドン、セント・パンクラス駅に到着した。駅から出ると、そこはもうハリーの舞台。映画が撮影された場所だ。

翌朝訪れたワーナースタジオは、実際に映画で使ったセットや衣装、小道具が山のように展示され、何十メートルもあるホグワーツ城の模型は圧巻だった。

物語に出てくるバタービアを飲める屋台があったり、ハリーの衣装を着て箒《ほうき》で飛んでいるところを合成写真に仕上げてくれるサービスもある。グッズ売り場では、いつも女子の買い物につきあっている男の子たちは歓声をあげて選んでいた。

ハリーの名前の入ったシャツと帽子にハリーの杖《つえ》、ふくろうのヘドウィグのぬいぐるみを抱きしめて、うれしそうに帰りのバスに乗り込んだ。

夕方、携帯が鳴り、「元気?」と夫の声。

「すっごい楽しい！　ロンドン最高〜！」と四人で叫んだものである。

今年のハロウィンは、もちろんハリー二人と魔女の仮装だったのは言うまでもない。

プリベット通り《ドライブ》

「プリベットって木があるんですか?」

思わず身を乗り出して聞いた。新築のわが家の生け垣の話をしているとき、担当者の一言に私が飛びついたのだ。

プリベットは和名を西洋イボタという常緑樹で、病気に強く、細かい葉がよく茂り、生け垣に適している。淡くさわやかな黄緑色が一般的だが、斑《ふ》入りの種類もある。初夏には甘い香りの白い花を房状に咲かせる。

しかし私の興味を惹いたのは外見上のことではなく、そのものずばり名前である。大好きなハリー・ポッターシリーズに登場する、ハリーが育ったおじさんの家があるのがプリベット通りだ。英国サリー州の架空の町、リトルウィンジングにあると書かれているこの通りは、魔法の物語が始まった原点なのだ。

聞いただけでわくわくするプリベットを植えて四年、頼りなかった幹は倍の太さになり、いつしか私の背を抜き、葉も密になって立派に生け垣の役目を果たしていた。

しかし土留めの塀が老朽化したため作り直すことになった。大切に育てたプリベットは一旦移植して戻すのだが、実家もあわせ全長四十メートルの大工事、全部同じでは単調なので、三種類の木を交ぜての生け垣と決まった。

候補に挙がったのはマートル。和名は銀梅花。映画第二作で鍵となる女子生徒「嘆きのマートル」の名前の由来となった。六月ごろ、艶のある葉の間に、梅の花に似たかわいらしい白い花を咲かせる。ヨーロッパでは、愛の女神に捧げる祝いの木とされ、とても縁起がいいそうだ。

またまた大好きなハリー・ポッターにつながって喜んだ。

三種類目の木はカラタネオガタマ。ふちの方へ向かって白から赤のグラデーションのようになっている花びらは、あまり大きく開かず、バナナに似た甘い香りがする。日陰に強いので街路樹の陰になる部分に植える。これだけハリーに関係なく少々残念。

だがもう一本、わが家には最強の木がある。家を建てた春、玄関前に植えたエルダーである。和名ニワトコ。

物語の核となる世界最強の魔法の杖は、このニワトコで作られた設定だ。十五センチほどだった苗が今は二メートルを超す大木となり、香《かぐわ》しい白い花をたくさんつける。この花を煮て、こしたエキスで作るエルダーフラワーコーディアルは、マスカットのような爽やかな香りでヨーロッパでは人気のドリンクだ。

今きれいになった庭と生け垣を眺め、にんまりしている。

審査が厳しい

ロンドン・ヒースロー空港は、利用者数世界三位、最大規模の国際空港である。当然テロにも厳重警戒態勢だ。

近年のイスラム国のテロに対する警戒はもちろんだが、古くからアイルランドがらみのテロが多かったのでチェックは非常に厳しい。

三十二年前、初めて訪れたときのこと。ヒースロー空港のX線検査は強いので、写真フィルムはX線遮断ケースに入れ、できれば手で検査してほしいと頼むようガイドブックに書いてあり、そのとおりにしたことを思い出す。

入国審査も、一言、二言の他国と違い、目的から滞在期間までしっかり聞く。女性の一人旅には特に厳しく、なぜ一人か、夫はどこにいるのかとしつこく聞かれる。アジア人女性の不法就労が多いかららしい。友達に会うと言うと、住まいは、仕事はと聞かれ、閉口した。対策は帰りの航空券を見せること。必ず帰国することがわかれば通してくれる。

何度もこの長い列に辟易した経験があるので、一歳の娘を連れて行ったときは、夫に、飛行機を降りて急いで並びに行ってもらった。

私はベビーカーを出してもらって娘を乗せ、後を追う。ディズニーランドかというほどの蛇行した列。少しずるいが前の方の夫の順番がくれば、家族も一緒に呼んでもらえる。

そう思ったとき職員の女性に呼び止められた。いかめしい顔をして私に向かって手招きしている。まずいことをしたかな、とドキッとする。

ところが彼女は列を作っているベルトを一部開け、「こっちから行きなさい、ベイビーを連れているのだから」と、私たちを優先レーンに入れてくれたのだ。なんと親切なのだろう。ジェントルマンの国だと実感した。

では、英国に入るときだけ厳しいかといえば、そうではない。出国のときも超絶きびしいのがこの国のスタンダード。

その厳重チェックは持ち物に向けられる。つまり搭乗するときに危険物を持っていないかを確認する審査が厳しいのだ。

二十年前、母とロンドンから帰るとき、X線検査ではさみが見つかった。刃渡り約一センチ、携帯用裁縫セットの糸切り鋏だ。

係官はにべもなく捨てろと言う。スーツケースに入れておけばよかったのだが、預けに戻ることはできない。泣く泣く没収となった。

「気に入ってたのに」と母はぶつぶつ。機内持ち込み荷物に入れるからいけないのだが、日本を出国する際の検査では何も言われなかったのだ。成田空港があまいのか。

その後日本航空に問い合わせたところ、刃が六センチ以下のはさみは持ち込み可能だが、各空港で基準が違うので航空会社では許可されていても、持って乗れるとは限らないそうだ。

そしてさらなる警戒を呼んだのが、二〇〇六年八月に起きたテロ未遂事件である。ロンドンからアメリカとカナダへ向かう旅客機を爆破する計画は未然に防がれたが、このとき液体爆発物が使われたため、航空機への液体の持ち込みが制限されるようになった。薬や化粧品は、百ミリリットル以下の入れ物に詰め、透明なビニール袋に入れる。面倒だが安全に関わることなので、いつも実行している。しかし帰りはつい気がゆるむ。

今回、娘と二人でロンドンを訪れた帰りのことだった。チェックインをすませ、保安検査場に並ぶ。ヨーロッパで頻発するテロに少々怯えながらの旅行だったが、何ごともなく過ぎた。少しほっとしてコンベアに荷物を乗せ、金属探知機をくぐる。バッグの中が透視されてモニターにうつり、おもしろい。

ところが後ろから娘が呼んでいる。キャリーケースを開けられ、何か聞かれているが英語がよく聞き取れないらしい。戻ろうとすると探知機の横の係官に「NO」と止められた。そう言われても子供ではないか。仕方なく、できるだけ身を乗り出して検査官と話をする。荷物の中を調べていいかと言うので、どうぞと言う。しまった、裁縫セットをスーツケースに移すのを忘れていた。

第一章

❊

私と英国

内心焦るが、裁縫セットはスルー。たしか入っているのは和鋏だから、透視して見ても外国人には鋏とは見えないかもしれない。そんなことを考えていると、検査官が取り出したのはネイルオイル。五センチほどの小瓶をしげしげと眺める。

化粧品よ、わかるでしょ？　爪の乾燥を防ぐのよ。捨てろと言われるかな。いい香りで気に入ってたのに。

どきどきしながら見守っていると、光にかざしたり、何やら丹念に調べている。そして私にビニール袋は持っているかと言うので、ないと言うと、ジッパー付き袋に入れて返してくれた。

私の爪の健康のためのささやかな楽しみを、取り上げられなくてよかったが、とんでもなく時間がかかった。

空港内には数か所になんと評価ボタンが設置されていて、施設や係員に対する評価を三段階で表すことができる。検査場の出口では通り過ぎる人たちが皆「最低」のボタンをバンと叩いていく。さもありなん、だった。

ホームズ・クラブ

英国の作家コナン・ドイルが生み出したシャーロック・ホームズ。この名探偵の実在を信じ、研究するファンを「シャーロッキアン」といい、世界中にホームズ・クラブが数多くある。一九七七年、日本にも「日本シャーロック・ホームズ・クラブ」が創設された。

現在会員数約千名。難しい資格審査はない。唯一の条件は、ホームズが好きであること。会員各自が、ホームズや英国に関してそれぞれ好きなテーマを研究している。

コンピューターを駆使してデータを集め、論文を書く人。特技を活《い》かして絵や漫画を描く人。いや、ホームズの好きだったというコーヒーやお酒の席を設け、会員相互の親睦《しんぼく》をはかるのだって立派な研究だ。

私はヴィクトリア朝のロンドンに興味をもち、訪英するたびホームズの足跡を訪ねて歩いている。一九八七年、会員共著のホームズ研究書が出版されたとき、大学生の私も執筆陣に加わり、ヴィクトリア朝の貨幣制度、当時の帆船、ロンドンに現存するホームズ物語の舞台についての文章を寄稿した。

会員たちの興味、趣味の範囲は非常に多岐にわたる。もしホームズという存在がなかったら、私は鉄道ファンのAさんと知り合うことはなかっただろう。化学を研究するBさんと話すこともなかったかもしれない。それだけ、私の日常とは接点のない人たちである。ところがひとたび「ホームズ」というキーワードがインプットされたとき、皆一様に目を輝かせて会話に参加し、自分の得意分野について語り、また今まで未知の分野だったことにも興味深く耳を傾けるのである。

そんな私たちの熱心な積み重ねが、今年二〇〇一年、再び形になった。今までの研究書に収録された文書に加え、新たに書き下ろし原稿を募り、総項目八百という『シャーロック・ホームズ大辞典』を出版することができたのだ。

数年前、ＮＨＫのホームズ特集番組に私を含め数人が出演した折、あるゲストがこうコメントした。

「こんなにたくさんの、立派な大人たちがね、一つのことを真剣に研究するというのは、素晴らしいじゃないか」

そう、この言葉こそが、私たちの活動を言い表している。

会員の大多数はいい年をした大人だ。社会や家庭でしっかり仕事をこなしている。しかしクラブでは、有名な大学教授であることも、会社での地位も肩書も意味はない。

そんな大人たちが探偵小説に夢中になるのは、見ようによってははばかげているかもしれない。が、いつまでも少年少女の日のロマンを追い続けることこそが、毎日の仕事の原動力となり、心のビタミン剤ともなるのではないかと思っている。

第一章
❊
私と英国

ホームズ像いろいろ

夫と二人、夏休みにスコットランドを旅行した。ロンドンから国内線でエディンバラに到着。翌日は列車でインヴァネスへ。そこからレンタカーでネス湖をめざす。

大学生のとき、私はネス湖に行こうと二回試みて、二回とも失敗した。ロンドンから北上して旅するうちに疲れて体調を崩してしまったのだ。二回目のときは離島へ渡るツアーも予約していた。しかし熱があるまま、やっとたどり着いたエディンバラで休むことにして、その先、ネス湖や離島への予約をキャンセルした、ほろ苦い思い出がよみがえる。

そのときのリベンジではないけれど、いよいよネッシーの潜む魅惑的な湖を見られるのだとわくわくしながら、夫と二人、暮れるのが遅い北の町を歩いた。ウェイバリー駅で、翌朝の列車の時間を確認し、近くの広場に立つシャーロック・ホームズ像を見に行く。

ピカディ・プレイスは、ホームズの生みの親コナン・ドイルの生誕の地。家はもうないものの、ホームズ像はそちらの方向を向いて立っているという。一九九一年に建てられたこの像は、世界で三番目のホームズ像だ。

では世界最初はというと、ホームズ物語登場から百年の一九八八年、九月、スイス、マイリンゲンに建てられた。

『最後の事件』の中で、ホームズと、宿敵モリアーティが死闘を繰り広げた舞台として描かれたライヘンバッハの滝。アルプス山脈の高所にある滝だが、その麓マイリンゲンの町に、岩にこしかけたホームズ像がある。ちなみにマイリンゲンは、お菓子のメレンゲの発祥の地だという。

そしてなんと世界で二番目の像は日本にある。日本シャーロック・ホームズ・クラブの有志によって、一九八八年十月、長野県軽井沢、追分に建てられた。

翻訳家延原謙氏が日本最初のホームズ物語の翻訳をしたのがこの地だったからだという。スイスから遅れることわずか一か月だった。

会員共著の『シャーロック・ホームズ雑学百科』の執筆陣が発起人となり、寄付を呼びかけ、彫刻家佐藤喜則氏に制作を依頼した。募金額が少ないと小さな像になってしまうと何度も呼びかけ、ついに四百万円を超える額が集まった。

十月七日の除幕式では、無事、ブロンズ製、等身大のシャーロック・ホームズが姿をあらわした。佐藤氏の見事な手腕で、インヴァネスコートにパイプを持ったホームズは実に生き生きとして、堂々と日本の森を眺め渡しているようだ。

足元の銅板には発起人と寄付者名が刻まれている。もちろん私もその一人だ。

第一章

※

私と英国

ポートベロー

ロンドンの西、ポートベロー・ロードでは、毎週土曜日の早朝からマーケットが開かれる。全長二キロにも及ぶ通りは、端からしばらくはアンティーク市だが、そのまま北に進むと野菜や食べ物の屋台、そして古着や雑貨が並び、地元の人たちの暮らしがうかがえる。

アンティークというと敷居が高く感じられるが、そんな高価な品ばかり並んでいるわけではない。コレクタブルスと呼ばれる趣味のもの、たとえば会社のキャラクターグッズや、こんなもの誰が買うの？　というようなガラクタまで玉石混交。見ているだけで楽しい。

物の価値は自分次第。自分でよいと思える値段なら買えばいいし、値段の交渉もまたおもしろい。たいていは向こうから、「〇〇ポンドでいいよ」などと声をかけてくれる。

通りに出ている屋台《ストール》の後ろには常設の建物があり、中に入ると迷路のように小さな店舗が並んでいる。店主たちは暇そうに、といったら失礼だが、たわいのない話をしている。やわらかいブリティッシュアクセントの英語で、商売は趣味なのかなと思えるほど、がつがつ感がない。そんな会話が聞こえてくる中を歩くのが、何よりも好きだ。

不思議の国に迷い込んだような、ほの暗い通路の奥に、スージー・クーパーの美しい陶器が、びっくりするほど安価で売られていたこともある。

お店の人はフレンドリーで、目が合うとにこりとし、時には会話がはずむこともある。通りの端の方にあるテディ・ベアのストール。アンティークもあるようだが、新品を扱う店だった。古いぬいぐるみやジュエリーは、前の持ち主の想いがしみ込んでいるような気がして買う気がおきないのだが、新品ばかりのここのベアは行くたびに眺めていた。

あるとき、何気なく「今からワイト島に行くの」と言ったところ、ベア屋のおじさんと、隣の店主のおじさんが、「ここを見るといいよ」「このフェリーに乗ると便利だよ」と、あれこれ教えてくれた。結局この年も買いものはしなかったが、よい思い出になった。

そして今から四年前、ついに運命のベアと出会った。きれいな洋服を着ているベアが多い中、その子は頭にピンクのリボンを結んでいるだけ。でも、私は顔しか見えていなかった。その目は、まっすぐこちらを見つめている。「つれて行って」というように。

「この子はパスポートも持っているんだよ」とおじさんが見せてくれたのは、タグに留めてある、五センチほどの小さなパスポート。名前は「EMMA」と書かれていた。

タグに H.M.Bears と刺繍がある。湖水地方のベア作家ご夫婦のブランド名で、ここのベアはチャールズ皇太子とダイアナ妃の結婚式の引き出物にも使われたという。

一三〇ポンドという価格を、おじさんは「一一〇ポンド。ベスト・プライスだよ」と、大幅に下げてくれた。円に換算すると一万七千円ほどだ。

大事にするね、とエマを抱いて手を振ると、おじさんは笑顔で見送ってくれた。

第一章 ❉ 私と英国

第二章

料理と趣味のお話

第二章

料理と趣味のお話

洋菓子教室

一九九八年四月から加藤千恵先生の洋菓子教室に通っている。料理教室にはたくさん通ったが、お菓子を専門に習うのは初めてだ。家で本を見ながら自己流で作り、家族や友人には評判がよかったが、一度習ってみたいなあ、という軽い気持ちからだった。

加藤先生は自由が丘で教室とティールームを開いている。一年ほど前、たまたま従姉に同行して先生にお目にかかり、そのセンスの良さとお菓子のおいしさにとても惹かれて、ちょっと通ってみたくなった。

洋菓子教室なので、お菓子の中でも洋菓子に限定して教えるわけだが、それでも覚えることは山のようにある。

第一回目の授業で道具や材料に関する説明を聞きつつ、私たちは呆然《ぼうぜん》とした。今まで気にもとめなかったような細かいことまで注意しなければならないというのだ。

例えばボウル。アルミ製は匂いが移るのでだめ。ホーローは欠けやすいのでよくない。ガラスは熱を保ちすぎるのでだめ。最適なのはステンレス。そう言われてもうちにはアルミとガラスしかない。

ケーキの焼き型は、形や大きさがほんの少し違っても火の通り具合が違ってくるので、基礎クラスの間はできるだけ先生と同じ大きさの物を使うこと。先生と同じ物がそうそう家にあるわけがない。

さらに困惑したのは卵。

「必ずMサイズを使ってください。標準は一個六十グラム、大きくても六十五グラムまでです。それより大きいと、水分が多いということで、材料の配合が崩れます」

先生のこの言葉に私は途方にくれてしまった。わが家は養鶏場から直接取り寄せているので、とても新鮮でおいしい卵だが、サイズがてんでばらばらだ。

以前、会社の同僚の通う教室のレシピをもらったとき、卵二十五グラムと書いてあってびっくりした。そこまでではないものの、卵一個の基本の重さは、しっかり量らなければならないのがお菓子の基本なのだ。

そして実習に入ってもびっくりは続いた。

レシピに「切るように混ぜる」と書いてあるとき、私は包丁で何か切るときのような動作で混ぜていたのだが、先生の動きは、どちらかといえばかきあげている。

「こういう細かい動きが重要です」とおっしゃる先生は、材料についても実習についても「なぜ」の部分の説明がとても丁寧だ。自分が習っていたときに疑問だったことや驚いたことを、笑いを交えて説明してくださるので、自然に頭に入る。

先生もつまずきながらここまで進んでいらしたのだと思い、私は軽い気持ちだったお菓

第二章

❇

料理と趣味のお話

子修業を、考え直した。

初日に習ったケーキはカトルカール。フランス語で「四分の一」という意味で、粉、卵、バター、砂糖の量がそれぞれ同量の四分の一ずつで作るお菓子だ。単純に思われるが、だからこそ難しいケーキだった。しかし試食のとき、そのおいしかったこと！

私はまず、カトルカールを作るための十八センチの正方形の型と、先生から注意のあった道具一式を買い揃えるため、かっぱ橋の道具街へ走った。

ヨーロッパでお菓子作りを学んだ先生の道具はフランス製が多い。形と大きさが同じ、というだけなら国産で安価なものがあるのだが、こうなるとどうしても先生とまったく同じ物が欲しい。私は弘法ではないから筆を選ぶ、と奮発して、型もホイッパーもフランス、マトファー社のものを購入した。

そして何ごとも実践しなければ覚えない、と毎日のようにお菓子を作り続けているが、家族だけでは食べきれないので「実験台募集中」と言ったところ、希望者がずいぶん集まった。

卵を一個ずつ秤にのせ、「実験」を続けて半年とちょっと。実験台諸氏には好評で、少し自信をつけながらがんばっている。

シャテニュレ

パティスリーのショーウィンドーに美しいお菓子が並ぶ。鮮やかな色彩、艶のあるチョコレート、タルトの上のフルーツはゼリーでお化粧して宝石のよう。日本のケーキは芸術的だ。どれにしようか悩むとき、私は、作る手間がかかるお菓子を選ぶ。

たとえばサントノーレ。パイ生地の上にカスタード、その上にのった飴《あめ》がけのプチシューは、口の中でカリッと砕ける音が聞こえるようだ。

サンマルクはスポンジと二種のムースが何層にも重なって、合間に洋梨がひそんでいる。どうしたらこんな美しい切り口になるのかしら、とため息がでる。

洋菓子教室に通いはじめて十年がたった。初期のころよりはずいぶん手際がよくなったと思うし、できあがりの見栄えもよくはなった。しかし飾り切りやデコレーションは苦手だし、チョコレートのように温度管理が必要なものは、家事の合間にはなかなかできない。それなら買いに行ったほうが、おいしくて素晴らしいケーキが買えるもの。

私の習う加藤先生は、基礎科の最初のクラスでこう言った。

「安心で良い素材を使って丁寧に作り、できたてをおいしくいただきましょう。それが私たちが家庭で作るメリットです。ゴージャスなデコレーションや大変な仕込みが必要なも

第二章

❇

料理と趣味のお話

のはお菓子屋さんにまかせましょう」

私はまったくその言葉に賛成だ。パイやメレンゲはサクッとしているできたてがおいしいし、映画『アメリ』で有名になったように、クレームブリュレの上の焦げたキャラメルはスプーンでパンとたたいて割る瞬間が最高。

逆にお店のケーキは作ってから時間がたって食べてもおいしいように、と考えてあるという。アップルパイの底にスポンジが敷いてあるのは、フィリングのりんご煮から出た汁がパイにしみこまないようにするため。だから私たちはわざわざスポンジを作る手間を省いて熱々のパイをすぐ食べればいいの。

そういう先生のお教室だからといって、では簡単なものばかり習うかといえばさにあらず。それなりの技術が要求されるし、応用、研究、専科と進むと「こんなの絶対家で作れなーい……」とひそかに心の中で叫ぶ日もある。

特にクリームを塗ったり絞ったりが苦手な私はいつも悪戦苦闘。何回やっても筋が残り、触りすぎてクリームがバサバサ。絞り出しも太くなったり途切れたり。でも先生がパレットナイフですっとなでると魔法のように平らになる。

しかし、そんな私が難しい工程にもめげず作るお菓子が「シャテニュレ」だ。フランス語で「栗の林」という意味だが、モンブランの名のほうが日本では馴染みがあるだろう。モンブランはあまり好きではなく、普段は食べない私が、教室でこのお菓子を試食した瞬間、そのなめらかな舌触りの虜《とりこ》になってしまった。それ以来、毎年秋になると作っている。

まずは四国からこだわりの栗を取り寄せるところから始まる。一晩水につけて鬼皮をやわらかくしてむく。渋皮もきれいにむく。これだけでも重労働だが、この栗を牛乳でコトコトと煮る。アクをすくい、焦げつかないよう気をつけながら。やわらかくなったら実だけをすくい、裏ごしする。砂糖とバターを加え、再びなべで煮る。色付けにチョコを少々。これで栗のクリームのできあがり。

さて、神経をとがらせる組み立て作業である。薄く焼いたスポンジ生地を小さな丸型に抜き、ラム酒入りシロップを刷毛《はけ》でたっぷり含ませる。この上にラム酒入り生クリームを絞る。途中にしのばせるマロングラッセは、市販のものをそのままでは甘すぎるので自分で煮なおしておく。

最後に栗のクリームを絞る。モンブランはたくさん穴のあいた丸口金で、一度に何本ものクリームを絞り出すが、教室で習ったものは、細い星口金で生クリームを覆うように、ぐるぐると渦巻き状に絞っていく。隙間があかないよう細心の注意を払い、円錐形に絞る。てっぺんにも栗をあしらい、粉砂糖をふって完成。

口の中で二種のクリームがなめらかにとろけるのは絞りたてだからこそ。冷蔵庫で時間をおいたらもう固くなってしまう。年に一度の精魂こめた贅沢な味。

第二章

❊

料理と趣味のお話

蟬時雨《せみしぐれ》がミーンミーンからカナカナに変わるころ、四国の農協の電話番号を探しはじめる。

サントノーレ騒動

加藤先生の教室の応用クラスの最後の授業で、サントノーレというケーキを習った。シュークリームを少し難しくアレンジしたようなお菓子である。

「パイ生地の上にシュー生地をリング状に絞って焼き、器にします。その中にカスタードとメレンゲを合わせて絞り、飴がけしたプチシューを飾ります。今までの総復習ですね」

という先生の言葉どおり、複雑なケーキだが、パーツごとに見れば基礎的なものだ。

二週間後に、わが家でティーパーティーを予定している。そうだ、これを作ってお出ししよう。早速、予行演習をしなくっちゃ。

ところが家でやってみると、パイとシューはうまくいったが、クリームが水っぽくなる。卵白を泡立てたメレンゲと、カスタードを混ぜ合わせたクリームは、フランス語で「クレームサントノーレ」と呼ばれ、専用の口金で絞るくらい、このお菓子のメインなのに。

教室の試食でも、この配合はあっさりしていると感じたが、今回は水っぽい。私のメレンゲの泡立て方が悪いのだろう。

こんなとき頼りになるのは、同じクラスのIさん。お菓子作り歴の長い大ベテランだ。

第二章

❋

料理と趣味のお話

「クリームがうまくいかないの、助けて！」とＦＡＸを入れる。

状況を説明すると、「明日、他のレシピもコピーして持っていってあげる」と返事が来た。

翌日、近くの喫茶店で待ち合わせをした。

「はい、これはＴシェフのレシピ。こっちはＦ先生のレシピ」

Ｉさんはきれいにカラーコピーをとり、ビニールに入れたレシピを、手さげ袋から出して広げた。なんと丁寧な人だろうか。

彼女によると、この二つのレシピには、生クリームが使われている。クレームサントノーレはメレンゲを入れるので、泡立て方がうまくいかないと水っぽくなるが、生クリームを入れることでコクを出しているのだという。持つべきものは博識な友。

しかし当日失敗する危険を避けて、お客様には違うケーキをお出しすると言うと、

「はいこれ、ゆきちゃんの分よ」

ドラえもんのポケットのような魔法の手さげから出てきたのは、サントノーレ用の口金。それもフランスのマトファー社製。

美しい花のような絞りに必要な、切り込みのある口金だが、それを買いに行くところまで手が回らず、普通の星口金で我慢していた。

「このあいだ道具街に行った時、余分に買ったの。せっかくなんだから、これで頑張って

みて」

まったく神様のような人である。彼女の言葉で再挑戦の気力を取り戻した。

万一サントノーレを出せない場合を考え、失敗の危険のないスコーンとロールケーキにチーズケーキも、前の晩から作って備えた。

そして当日、私はIさんの教えに従い、生クリームを混ぜることにして、サントノーレを作り始めた。パイ生地とシュー生地の器は、前もって焼き上げ、待機している。あとは問題のクリームと、飾りのプチシューにからめる飴だけ。

ここではたと手を止める。加藤先生の教室では生クリームを使っていないので、カスタードと合わせるタイミングと温度がわからないのだ。が、えいっとばかり温度の差は無視して混ぜ合わせたところへ、紳士がお一方《ひとかた》ご到着。

まだ、できていないのに、と私はもう焦って頭のねじが飛んでいる。クリームを絞り袋に入れてから、最後に加えるはずのゼラチンが、なんと電子レンジに入ったままだと気づいた。慌てて混ぜ直し。

ここでボウルに残ったクリームをなめてみる。お、おいしい。いけるではないか。

そうこうしているうちに、お客様は続々到着。

最後の飾りつけは小さく焼いたシューに飴をからめるのだが、湿気《しけ》ると飴がべたべたになるので、タイミングが難しい。

第二章

❇

料理と趣味のお話

お客様方にはご歓談いただき、私はそろそろとキッチンへ抜け出した。鍋に砂糖を入れて火にかけ、べっこう飴くらいの黄金色になるよう煮詰めるのだ。

ところが、紳士が一人、キッチンに入ってきて私に話しかけた。

「はい？」と、一瞬目を離したすきに、飴は真っ黒。冷や汗をたらしながら、新しい鍋を出す。作り直しだ。二度目はなんとかいい色で火を止めた。

シューに飴をからめ、花形に絞ったクリームの周りに止めつけていく。王冠のような形に仕上がった。飴細工の糸を雲のようにふわっとのせてできあがり。

リビングへ運ぶと感嘆の声があがった。

「わあ、きれいね、切っちゃうの惜しいわ」

「写真、撮っときましょうよ」

苦労が報われた瞬間である。

お味はというと、Iさんのおかげで、生クリームの入ったクレームサントノーレは、私の理想の味に限りなく近く、お客様の評判も上々。でも、当分、シューもクリームも見たくないな、と私は心の中でつぶやいた。

シュガー・アイシング

二〇一二年、森ゆきこ先生のシュガーアイシングクラスを受講した。もともと加藤先生の洋菓子教室に通って十五年。バリエーション豊富に教えていただいたが、先生は飾りにあしらう程度でアイシングにそんなに熱心ではなかった。その先生がほれ込んだのが森先生のクッキー。

「私がアイシングを習いたいのは、この方しかいないと思いました」

パステルカラーのお花にシンデレラのガラスの靴。白いドレスに描かれたレース模様は細かくて本物のよう。とてもクッキーとは思えない。繊細なアートというのがぴったり。

森先生はロンドンのキングスウェイカレッジ、ブルックランズカレッジで学んだ後、有名ケーキデザイナー、ペギー・ポーションのスタジオで修業し、二〇〇八年に帰国。加藤先生に請われて半年間のコラボ講座となった。

初日、ドキドキしながら待っていた私たちの前に現れた森先生はまだお若く、クルッとした目のかわいらしい方だった。道具を説明しながら丁寧に講座を進める先生の手元を、皆ペンとカメラを手に食い入るように見つめる。

まず、直径二十センチほどのステンレスのボウルに粉砂糖を量って入れる。次に、

第二章

❊

料理と趣味のお話

「これはメレンゲパウダーという、乾燥した卵白の粉です」

卵かけご飯を普通に食す日本と違い、欧米ではあまり生卵を食べない。また、近年サルモネラ菌の害も懸念されて、アイシングには生の卵白を使わず、加熱して粉末にした乾燥卵白を使用する。

分量を量り、水で戻して漉《こ》してから粉砂糖のボウルに加える。フォークの背ですりつぶすようにしながら混ぜると、白くふわっとしてくる。

「これがロイヤルアイシングといって、すべてのアイシングの基本になります」

穏やかな口調で、でもはきはきと手際よくすり混ぜる先生は、外見に似合わず腕がしっかりして強そう。パティシエに男性が多いように、お菓子の世界は力仕事なのだ。

「スパチュラは、お持ちのもので結構ですが」

二十センチほどの、刃のない、先端が丸いナイフのようなものを見せる。固すぎてもやわらかすぎてもいけない。適度なしなりが大切。

「意外とね、製菓道具でなく、これ東急ハンズの画材コーナーで見つけたんですけど、それが結構よかったりして」

説明しながら「ふふ」と笑う。クッキーもかわいいが先生もかわいい。やはりこんな笑顔のチャーミングな人だから素敵なデザインが生まれるのだと思う。

シリコンまな板にロイヤルアイシングをのせ、少量の水をつけて練っていく。この加減が難しい。クッキーの表面を覆うように広がる固さと、模様を線描きする固さは水の量が全然違う。

　そしてアイシングを絞り出すコルネを作る。つるつるした紙を細長い台形に切ったものが配られた。お手本を見ながら紙を丸める。先生は魔法のようにくるくるっと巻いてしまうが、私たちは四苦八苦。絞り口になる先端がしっかり巻けていないとうまく描けない。

「これを習得するには何か月もかかります。私もよく先輩のものを開いて研究しました」

　コルネにアイシングを入れて先端を少し切る。クリームのように絞るのをイメージしていたが、先をクッキーにつけて絞り始めたら、そのまま上に引き上げ、なんと高さ十センチくらいのところで絞り出し、それを少しずつクッキーの面におろして置いていくのである。

　しかし驚いている暇はない。実習だ。粉糖を混ぜるところからしてうまくいかない。想像以上に力がいる。もうこのくらいでと思っていると、皆の間を回っている先生がもう少し混ぜてと声をかける。明日は間違いなく筋肉痛。

　やっとのことで固さを調整したアイシングをコルネに入れるころには、もうへとへと。しかもクッキーに絞るなんてまだまだ先。透明なシートの下に先生のお手本を敷いてなぞる練習だ。まっすぐな線を引くのも覚束《おぼつか》ない。一体どうやったらこのくねくねする砂糖のひもを、ハートや唐草模様にできるというのだ。

第二章

❈

料理と趣味のお話

時間切れで片づけを始めたところにとどめの一撃。クッキーが二枚くばられ、「次回までにこれを仕上げてきてくださいね」

この宿題に毎月どれだけ泣いただろうか。

アイシングを染める、食用色素の扱いもまた難しかった。赤と青を混ぜれば紫になる、という単純なものでもなく、そこに少し黄色味を加えたり、濃い色を足してスモーキーな感じにしたり、加減が難しく、センスも問われる。

半年通った結論は、自分の納得いくものでいいということ。上を見れば森先生の美しい作品もある。でも巷《ちまた》で売られているアイシングクッキーは、アヒルに目とくちばしをつけただけのものもあるではないか。

最後のレッスンで先生が言った「楽しんでくださいね」の言葉が忘れられない。

もし塗りがうまくいかなかったら、その部分にパールやクリスタルシュガーをのせてしまってもよい。クッキーにじかに絞って失敗するのが怖かったら、透明シートにお花をしぼって、乾いてからクッキーに貼りつけてもよい。

自分なりに形も色も楽しんで、少しずつ上達していけたらいいなと思っている。

ハンドミキサー

ボウルに入れたバターを泡立てようと、ハンドミキサーのスイッチを入れた。と、プチッというような音がしてスイッチがスカスカと無抵抗に動くようになった。泡立てるビーターの部分はものすごい勢いで回転している。

ちょっと、ちょっと、どういうこと？

慌ててボウルを押さえ、ビーターをバターの中で動かす。スイッチが壊れてしまっているから強弱の調節ができず、高速で扱いにくいが、とりあえず攪拌《かくはん》できる。しかし問題はどうやって止めるかだ。

スイッチは中のモーターとつながる何かが切れたのか、どちらにスライドさせてもするっと滑るように動くだけで、モーターは止まらない。止めるには電源コードをコンセントから抜くしかない。しかしどうやって？　右手にミキサー、左手でボウルをおさえたまま私は大声で娘を呼んだ。

「なに？」

「止まらないの、コンセント抜いて」

「は？　このまま引っこ抜いていいの？」

第二章
❊
料理と趣味のお話

娘がプラグを引き抜くと、ハンドミキサーは静かになった。

長年愛用してきた相棒の突然の故障は大きなショックだった。

今から十九年前の春、加藤千恵先生の洋菓子教室に通い始めた。お菓子は自己流でずいぶん作っていたが、ここの教室は全員基礎科から始める決まり。加藤先生が直接教えるクラスで、大切なのは基本だと実感した授業だった。

スポンジやシューなどベーシックなお菓子をシンプルな型で作る。十八センチの丸型もスクエア型も、扱いやすい一回分の量が焼ける大きさ。道具もステンレスのボウル、ホイッパー、木ベラ、ゴムベラと買い揃えた。

「必ず同じでなくても、お手持ちの物でもいいんですよ。でも基礎科の道具は定番のもの。この先もずっと使い続けることができます」

先生の言葉どおり、このとき遠くかっぱ橋まで遠征して揃えた道具は、皆今でも現役である。

しかし先生のハンドミキサーは日本では手に入れることのできないものだった。低速から超高速まで五段階切り替えができるクイジナート社製。スタイリッシュなシルバーのボディにくぎ付けになった。黄緑色のプラスティックで、二段階切り替えの自分の手持ちのミキサーを思い浮かべ、ため息をついた。

ところが、その年の夏休み、ニューヨーク駐在の友達を訪ねることになった。

クイジナートのハンドミキサーを買えるかも！　と仲良しのＩさんに話すと、

「私の分も買ってきてもらえないかしら。送料プラスお手間賃もお支払いするから」

Ｉさんは遠慮がちに、でもその目は真剣に訴えていた。どうせ送るのだから一台も二台も同じ。もちろん二台買うつもりでいた。

絶対に見つけてくるから、と約束して旅立った私は、ニューヨークで人気の大手デパートを教えてもらい、早速キッチン用品フロアへ。当たり前だが、日本では憧れの欧米ブランドの商品が種類豊富に並んでいる。キッチンエイドという据え置きの大型ミキサーもたくさんある。しかも見たこともないパステルカラーだ。

広すぎて、キョロキョロしていてもわからないので、店員さんに聞くと、すぐにクイジナートの売り場を教えてくれた。

シルバーのボディ、先生と同じ！　舞い上がった私は、二台日本に送りたいが梱包してほしいと伝え、送料はいくらかと聞いた。

すると「ジャパン⁇」それはとても高額になる、なんで送るの？　と言う。

本体はたしか邦貨で五千円ほどだった気がする。送料は数万円くらい。それでも私たちはお菓子に燃えていたのだ。いくらかかってもいい、そのくらいの意気込みだった。

しかし店員さんは、持って帰ればいいじゃない、とあっさり言う。たしかに高さ二十数センチ、厚みも十センチくらいの箱が二つなら、十分スーツケースに入る。持って帰るか。

帰国してすぐ使ってみた。日本とアメリカは、電圧とプラグの形状が少し違うので気になったが、先生が大丈夫というのだから、まず心配ないと思っていた。

ドキドキしながらスイッチを入れると、ビーターは驚くほどのスピードで回りだした。すごいハイパワーだ。

すぐＩさんに連絡すると、

「え、送ったんじゃないの？　もうそこにあるの？　動いてるなんて！」

と興奮した返事が返ってきた。メールなんてまだない時代。ＦＡＸだった。

あれから十八年。お菓子を作るとき、いつも助けてくれたこの相棒は、天寿を全うした。

今はクイジナートのミキサーは日本でも販売されている。ネット注文で簡単に手に入れることができた。本体は白のプラスティックだが、五段階切り替えとハイパワーは旧相棒に引けをとらない。これからはこの子とお菓子を作っていくのだ、と思いながら、古い相棒は大切に棚の奥にしまった。

トースター

トースターは文字どおりトーストする機械で、そんなに複雑なものではない。食パンが二枚入る大きさが一般的で、つまみを回すと何分か加熱して焼き上げる。ないと困るがそんなに出番もない。朝食がパンの家で一日一回。あとは年に数回のおもち、グラタンに焦げ目をつけるなど、表面だけの加工には便利だ。

新婚のころ、キッチンが狭くて何かを省こうと考えた結果、トースト機能付きオーブンレンジを購入し、トースターを置かないことにした。ところが庫内が広いので、温まるのになんと十分以上かかる。これは大失敗だった。「グラタン皿が四枚一度に入ります」というたい文句に「おお！」と思ったが、まだ二人だけの生活、二つ焼ければ十分なのだ。

そんなシンプル便利なトースターだが、母はいつも同じことでぶつぶつ言っていた。焼き始めて数分で、プツッと電気が切れる。

「サーモスタットなのよねえ」

庫内が一定の温度を超えると、高温防止のためヒーターが一旦消え、少したつとまたつくが、時間がかかる。

第二章

＊

料理と趣味のお話

「なんで消えるのよ、焼けてないじゃない」

扉を開け、手でパタパタ扇いだり、ふーっと息を吹きかけたりして庫内を冷まそうとする。違うメーカーのものを買っても同じ。

「サーモスタットのついてないのはないんですか？」と母は店員さんを問い詰めるが、

「今はみんなついてますねえ」とあちらも困った顔。

昔のトースターにはそんなものついてなかった、とぶつぶつ。

ところがある日母は、箱根の別荘に置いてあったトースターを持って帰ってきたのだ。古いが、年に数回行って使うだけだから、きれいだし普通に動く。古いからサーモスタットはなく、途中で消えることはない。これはいい、としばらく気に入って使っていた。

二世帯住宅だったので、借りに行ったりもしたが、さすがに不便なので、自分でも新しいものを購入した。もちろん途中で切れるが仕方がない。

このとき気づいたが、お店で見ると、トースターもずいぶん種類があるのだ。奥行きが広く、ピザがまるまる一枚入るもの、オーブンに匹敵するほど温度や上火、下火の調整ができるもの、価格も二、三千円から一万円を超すものまである。

しかし朝食のトーストにこだわるのなら、ポップアップトースターが一番だという。水分が逃げず、表面だけがカリッと焼けておいしいとか。なるほど、と思ってしばらくたって、英国の家電メーカー、モーフィーリチャーズのポップアップトースターに出会った。

シルバーのスマートなデザインに一目惚れし、購入してしまった。トーストを焼いてみると、たしかに中はしっとり、外はカリッとで、ポンッと飛び出すのもレトロでいい。冷凍パンモードやベーグルモードもついているのは、やはり外国メーカーだからか。しかし、素焼きばかりではつまらない、と思ったところ、ロンドンでトースターバッグなるものを見つけた。

スライスした食パンが一枚入るくらいの大きさのシリコンの袋で、具を挟んだパンをその中に入れてポップアップトースターにセットすると、ホットサンドやチーズトーストができるというものだ。気に入ってしばらく使っていたが、シリコンバッグを洗うのが面倒になって、そのうち使わなくなり、ごく当たり前のサーモスタット付きトースター生活に逆戻りしてしまった。

さて、先月、長年通うお菓子教室で、バルミューダのトースターの紹介があった。とにかくパンがおいしく焼けると先生は絶賛。昨年、パン講習会をした神戸のシェフも、パンを焼きなおすにはこれだ、と勧めているそうだ。本体に水を少し入れ、水蒸気で加熱するのが特徴だ。ただのトーストはもちろん、翌日にしんなりしてしまったクロワッサンも焼きたてのようになります、という。

生徒向け特別価格で二万一千円。うわ。でも巷で話題の品、お店では在庫がなく数か月待ちのところ、優先的に回してくれるらしい。大好きなパンやクロワッサンが翌日もおいしいと先生が保証するなら、それはもう買うしかないでしょう。

先週、メーカーから届いたと連絡を受け、いそいそと教室に取りにいった。オフホワイトの飾り気のないデザインは、すっきりしていて美しい。プラグをコンセントに差すと、ピッという。付属の計量カップで水を投入、とっておきの食パンを入れ、ダイヤルを回す。チッチッチと小さな音がして目盛りが減っていく。

そして焼き上がりは、たしかに！　外はサクッと中はふわっとしっとり。これはすごい。そして何より驚いたのは、冷凍しておいたブリオッシュが、まるで焼きたてのようになったこと。これはクロワッサンも期待大。しばらくはあれこれ試して楽しめそうである。

ちなみにサーモスタットで切れることはない。

第二章

❊

料理と趣味のお話

賞味期限

冷凍庫からアーモンドパウダーの袋を取り出して眺めた。アーモンドを砕いて粉にした、淡いベージュ色の粉は、どことといって変質していないように見える。

八年前、お菓子教室に通い始めてから、安心できる材料で、作りたてのおいしさを味わえるお菓子作りをモットーに、素材も厳選してきた。捨てるのはもったいない。

なぜ捨てようとするかというと、古いのである。購入店と日付が書いてある。三月二十日。九か月前だ。どのくらい前まで使えるのだろう。先生の言葉が浮かぶ。

「アーモンドパウダーは古くなるとだんだん油が出てきます。新しいうちはさらさらと粉状ですが、だまになってふるわなければならない状態では古いということです。保存は冷凍庫にしてください」

冷凍庫に入れてあれば油は出ず、劣化しないということかしら。だまにはなっていないけれど。

私の母は「冷凍なんだから腐らないわよ、大丈夫」と半年以上前の肉でも平気で料理する。

たしかに腐っていないが、霜がついたり冷凍やけしていていてはおいしくない。鶏肉は冷凍でも一週間で使いましょうとテレビでやっていた。それはちょっと短いとしても、私はできるだけ二か月以内に使う。小さい子供もいるので、食材は回転よく、賞味期限内にを心がけている。

賞味期限とはメーカーが「ここまではおいしく召し上がれます」というラインだとか。多少すぎても味は落ちるが、お腹をくだすほどではない。対するに消費期限はそれ以降は品質の保証はしないというもの。

消費期限を過ぎたら子供には絶対食べさせない。夫と私も三十を過ぎたころから無茶をしなくなった。ちょっともったいないからと食べて、体調が悪くなってはきつい。

件《くだん》のアーモンドパウダーには賞味期限の表示はない。

なぜ今さらこんなに悩むのか。実は昨年双子を妊娠し、安静のため、お菓子はおろか料理もろくろく作れず、寝たきりだったのだ。秋に無事出産し、教室も夫に勧められて続けることにした。年もかわり、気持ちも新たにお菓子作りを再開しようと材料をチェックし始めたのだ。

だが、ちょっと待てよ。首をひねる。去年の三月にはもう妊娠はわかっていた。わざわざお菓子の材料を買いに行くわけがない。ではこれは一昨年の三月のことか。

迷わずゴミ箱に放り込み、手を合わせた。

真珠いろいろ

ある時計店のお得意様特別ご招待会のため、銀座のホテルに出かけた。同級生のS子はここのお嬢様。そのご縁で、上得意というわけでもないのに毎年お招きいただいている。並べられた美しい時計とジュエリーを眺め、デザインをあれこれ批評し、お茶を飲んで、でも一番の楽しみは小学校からずっと一緒だった友人とのたわいないおしゃべり。

二人で笑いながら入った小さな部屋で、南洋真珠の指輪に目をとめた。パープルがかった淡いグレーで、実に上品な色合いの大粒の真珠だ。シンプルなプラチナの台で、両脇にマーキス型の小粒のダイヤが一石ずつとめられ、真ん中の石を引き立てている。

心惹かれて、相談コーナーでお茶を飲む間もトレイにのせたままキープしていた。

「そんなに気に入ったの？　とてもきれいな色よね。似合ってると思うわ」

S子も言うとおり、ブルーやパープルが好きな私の服装には合っている。そして、この色は私の概念を覆す色だった。

昔、母が「南洋真珠は暗くて好きじゃないの」と言ったのを聞いたことがある。子供のころ記憶に焼きついたイメージはなかなか変えることはできない。

第二章

※

料理と趣味のお話

小学四年生のとき母と志摩へ旅行し、真珠養殖場を見た。伊勢湾の青い海で、アコヤ貝につつまれた真珠の赤ちゃんが波にゆられているのだ、と思うと不思議な気がした。

母はジュエリーをたくさん持っていたし、真珠も指輪やブローチなどいろいろあった。私の成人式にはネックレスを贈ってくれたが、どれもオフホワイトで微かにピンク味を帯びている。日本人の肌に合う色だそうだ。

南洋真珠は黒っぽい色で、暗いわりに大粒で存在感があり、年配の女性がするもの、私には似合わないとずっと思っていた。母が持っていないので近くで見たことがなかったし、好きでないと聞いたのも思い込みにつながったのかもしれない。

しかしこの指輪は違う、全然違うではないか。暗くないどころか実に華やかだ。

以前ハワイで、名産品といわれてチョコレートパールの指輪を購入した。その名のとおり鮮やかなチョコレート色だが、化学加工で着色しているとのこと。店によって違いはあるが邦貨にして五万円ほど。夜のワイキキで、ビーチの波の音に乾杯しながら食事をした後、記念にと買い求めたものの、翌朝になるとその濃い茶色がなんだか不自然に思えて、結局帰国してからはしまったまま。

今回の南洋真珠はもちろん着色ではない。黒蝶貝からとれたナチュラルな発色、淡くおだやかな光沢を放つ美しさに魅了された。

お値段ももちろんそれなりで、チョコレートパールと比してかなり高額だが、お得意様ご招待会だから割引率も高い。

「やっぱり連れて帰る」と言うと、S子もにこっと笑った。

それからひと月ほどたって、日本橋のデパートでタヒチアンパールフェアに立ち寄った。タヒチアンダンスの有名な先生がダンスを披露するので、ぜひご覧くださいと薦められたのだ。

会場では美しい南洋真珠の代表であるタヒチアンパールがたくさん並べられ、ああ私のお気に入りのあの指輪と似ているわ、とダンスの時間まで目の保養をしていた。

きれいなパレオをつけた女性が入り口で白い花を配っている。一輪もらって髪につけ、舞台の前の椅子に座った。徐々に席も埋まり、三時、司会の男性の紹介で、ダンサー、キョウコさんが登場した。日本人とは思えない滑らかな小麦色の肌、南国の太陽のように明るく、大きな瞳でにっこり。なんとかわいらしい人かしら。見とれていると、司会者は「パールのフェアですから、ダンスの前にまず」と笑いを交えながら説明を始めた。

タヒチアンパールと呼べるのはフレンチポリネシアの海に棲息する黒蝶貝を母貝とする真珠で、フランス政府に公認されていなければならないこと。着色による単なる黒い真珠と違い、自然なてり、つや、輝きは自然の中でできること。だからイエロー、グレー、グリーン、レッド、パープルと幅広い色のバリエーションがあるそうだ。

そしてキョウコさんがパホホという曲を踊りはじめた。パホホとはタヒチの言葉で岸辺

第二章

※

料理と趣味のお話

に波が打ち寄せる音を表すという。激しく舞うことなく、舞台の上をすべるように滑らかに動き、よせては返す波を表現する。

ああ、真っ青な空、ターコイズブルーの珊瑚礁、南の楽園がうかぶ。いつかタヒチの海を見てみたい。そして波がパホホというのを聞いてみたい。

ヴェネツィアン・グラス

イタリアのミリィ・カレガリというブランドのネックレスを愛用している。薬学博士でもあるミリィ女史のデザインで、カラフルなカットガラスや、スワロフスキービーズを、カラーワイヤーで編み上げたもの。軽くて伸縮性があり、ロングネックレスは、巻き方によってイメージが変わる。

素材のビーズは色も形も様々で、季節ごとのコレクションに目を奪われ、つい欲しくなる。アクセサリーとして使うのはもちろんだが、光を反射して美しいので、インテリアとして壁にかけたりしても楽しんでいる。

先日はちょうど新商品が入荷したところで、いつも感じのよい店員さんが「珍しいんですよ」と見せてくれたのはヴェネツィアン・グラスを使った短いネックレスだった。ロングと違い、一・五センチほどの大きなビーズばかりを十六個つないだものはどれも個性的で、少々ためらったが、中でも楕円と四角の間に星型のビーズが入っているものに惹かれ、購入した。

薄紫の星型のガラスの中に、銀色が透けて見え、不思議な色合いに、眺めていると吸いこまれそうな気がする。ふと、昔訪れたヴェネツィアの町を思い出した。

第二章

❊

料理と趣味のお話

今から二十年以上前、結婚を控えて退職し、ヨーロッパ一人旅に出た。英国を二週間巡り、ミラノに駐在する先輩と、ザルツブルクに留学中のM子を訪ねる計画だったが、先輩の勧めで途中ヴェネツィアに寄ることになった。

ミラノからの国際特急は、イタリアののどかな田園地帯を走り抜ける。二時間ほどで、目の前にふわあっと青い海が広がった。アドリア海に浮かんでいるかのようなヴェネツィアの町へ、海の中の一本道のように見える線路を走り、列車はヴェネツィア・サンタ・ルチア駅に滑りこんだ。

ヴァポレットと呼ばれる水上バスに乗る。車の乗り入れはできないので、交通手段は水路をヴァポレットで移動するか、歩くのみ。

揺られて眺める建物は、塩水に洗われ、古びている。異国情緒があっていいが、少し澱んだ水の匂いは香港に似ているというのが第一印象だった。

三十分ほどでサン・マルコ広場に着いた。サン・マルコ寺院、ドゥカーレ宮など、有名スポットの集まる広場のすぐ隣、老舗ホテル、ダニエリにチェックインする。コンシェルジェでおいしいトラットリアなどの情報を教えてもらい、夕方、散策に出た。ところがリアルト橋のたもとで、そのお店は遠いよ、ここで食べて行ったら、とうまいこと言われて引っかかり、あまり感動のない夕食となった。

翌朝はホテル五階、素晴らしい眺望のレストランで朝食。観光に出ようとすると、ムラーノ島へのプライベートタクシーがあるよ、という。せっかくなので、水上タクシーで、ヴェネツィアン・グラスの生産地として名高いムラーノ島へ向かった。

中世のころは、その美しいガラス製造技術を流出させないため、すべての工房と職人をこの島に集めたという。

船着場からすぐお店に案内された。ホテルと提携しているのか。熱心に勧める。驚いたことに日本語で。壮麗なグラスのセットはまぶしいばかりだが、お値段も目が眩みそう。予算は一万円、とはっきり伝えた。結局、夫婦で使うワイングラスを二脚購入した。海のような深い青と、鮮やかな深紅を一脚ずつ。

ガラス博物館を見学し、島をそぞろ歩いていると、頭が痛くなってきた。七月のイタリアは日差しが強い。おみやげにペンダントを数個求めた。千の花を意味する、ミレフィオリとよばれる細工で、細い棒状のガラスを切って作るのだそうだ。寄せ集めたガラスの、金太郎飴のような断面がカラフルで美しい。

さて帰ろうとすると、タクシーの運転手がいない。お店の人まで出てきて探してくれたが見つからない。彼は親切にもホテルに連絡をとり、ホテルの負担でヴァポレットに乗れるよう話をつけ、乗り場まで送ってくれた。

いいかげんなのも、女性に徹底して親切なのも、イタリアならでは。

第二章

料理と趣味のお話

島から戻り、夕方、歌つきの運河めぐり、ゴンドラセレナーデを楽しんだ。夕食は昨日教えてもらったトラットリア・マドンナへ。

ホテルのスタッフが「マドンナ！　オウ」と口をすぼめ、投げキッスする熱烈なおすすめだったが、気どらないお店でお料理はどれもおいしく、アサリのワイン蒸しは絶品だった。

翌朝はモーニング・コールを忘れられ、波乱のヴェネツィアを後にする。ぎりぎりで予定の列車には間に合って、無事ザルツブルクに到着した。ホームで出迎えてくれたM子は幼稚園のすみれ組からずっと仲良し。再会を喜び、一晩語り明かした。

ミラノへ戻り、先輩に報告すると、

「ワイングラス二脚なら軽傷！　シャンデリア買った人もいたからね！」

Ｙｏｎｄａ？

パンダのポスターを書店でよく目にする。彼の名前はＹｏｎｄａ？くん。

ここ数年、新潮文庫のカバーの裏表紙側に、小さく「新潮文庫」と印刷された三角マークがある。それを集めて送ると、景品がもらえるというキャンペーンのキャラクターだ。集める枚数によって、いろいろな景品があるが、百枚でもらえるＹｏｎｄａ？くんぬいぐるみが実にかわいい。シュタイフ社のテディベアに似た感じで品が良い。

無理かもしれないが、できるだけ集めてみようと思いたった。締め切りは来年三月。猶予は半年はある。二冊ばかり買って家に帰り、早速本棚を調べにかかった。

ところが、文春、早川、講談社、他社のものは山のようにあるのに新潮はない。ベッドの下まで探して、やっとの思いで掘り起こしたものは、学生時代に買ったシェイクスピアにディケンズ、ドイルなどなど。古すぎて、マークのついているものは一冊もない。

夫の本も調べてみたが、こちらはかろうじて二冊のみ。そうだ、春に大掃除をして、かなり大量の本を処分したっけ……。しまったなあ。しかし悔やんでみても始まらない。地道に集める正攻法に切り替えた。

あらためて書店で新潮文庫の棚を眺めてみると、なかなか新鮮でおもしろい。久しく目

第二章

❋

料理と趣味のお話

にしなかった小川未明童話集があった。大好きな阿刀田高氏の雑学シリーズも新刊が加わっている。

そんな話をすると、友人のたまちゃんがやはり、新潮マークを集めているという。

「一応、私も百冊のぬいぐるみが目標だけど、だめそうなら三十冊のバッグかな」

「お姉さん、いるでしょ。二人で集めたら百冊いけるんじゃない」

「姉はね、百冊で文豪カップ＆ソーサーが欲しいんだって」

夏目漱石や太宰治の顔が印刷されたカップが、たしかパンフレットに載っていた。

「あ、あんまり、かわいくないね」

「うん。変でしょ」

他にも身近に、集めている人が結構いた。

「うちは子供が欲しいっていうから、パンダのビデオをもらったよ」と友人M。

「私ねー、二十冊で、これもらったんだ」

とWが見せてくれたのはレターセット。Ｙｏｎｄａ?くんのスタンプ付きで洒落ている。

すると、横で聞いていたRが、

「うちに何冊かあったなあ。私、パンダには興味ないから、あげるよ」

と言うので、期待して待っていると、後日、Rから封筒が届いた。

「探してみたら、意外といっぱいありましたとさ」と書かれたメモが一枚。そしてその封筒をふってみると、なんと十九枚もの三角マークがざらざらと出てきた。

学年一の秀才で、東大に現役合格した彼女は、学生時代から尋常でない読書量を誇っていた。持つべきものは読書家の友、である。

これは！　と思った私は「他力本願たなぼた式」を採用した。

「いらない新潮文庫があったらマークを下さい」とあちこちで言ってみることにしたのだ。

すると、「こんなにあったわ」と従姉から十枚。通っているエッセイ教室でも何人かの方が、持ってきてくださった。

こうしてあれよあれよという間に枚数は五十枚を突破。快進撃である。

次に、BOOK OFF というリサイクル本屋に通い始めた。古本屋と違って、新しくてきれいな本しか買い取らないので、ここの書棚には、かなりの確率でマーク付きのものがあるわけだ。値段は百円から三百円。

久しぶりの夏樹静子氏のミステリーはなかなか楽しめる。軽く読める群ようこ氏のエッセイは電車の中に最適。

この機会に、知らない作家の小説や、映画のノベライズにも手を出してみた。

おもしろそうだな、と手にとった本でも買って読むと期待外れのこともあるが、百円なら「まあ、こんなものか」と気にもならない。

年が明けると、「締め切り迫る」と銘打って、ダブルチャンスキャンペーンが展開され、本体カバーだけでなく、帯にもマークのついた新潮文庫が書店に並んだ。

煽《あお》ってるなあ、と思いつつも買ってしまう。新潮社、どのくらい売り上げが増えているだろうか。

BOOK OFFでは、本を開いてはマークの有無を調べる人が目につく。

そうこうして、わが家の応募用紙のます目は九十枚を数え、無理かと思われた目標の百枚は目前に迫った。

そして締め切り直前、無事百枚を達成し、新潮社に送った。数か月待って届いたパンダはとてもかわいくて、苦労しただけに愛着がわく。

落ち着いて考えてみれば、ぬいぐるみ一つにくだらない騒ぎだが、このキャンペーンのおかげで、今まで知らなかった作家や、普段あまり手を出さない分野と出会うことができた。

これは大きな収穫かな。

（編集注：「Yonda? CLUB」は二〇一四年一月で終了しました）

ペンギン狂想曲

ＪＲ東日本が二〇〇一年十一月から、Suica なるシステムを始めた。切符や定期券を改札口に通すのではなく、磁気カードを読み取り部にタッチするだけで、入出場ができる。従来よりスムーズだし、何度でも入金して使えるし、便利かなとは思うものの、専業主婦の私には、デポジット五百円を払って Suica カードを買う決め手が欠けていた。

が、昨年秋、一周年を記念して、イメージキャラクターのペンギン柄のカードを発売、というポスターを見つけた。りんかい線、モノレールもこのシステムを導入するため、三社で違う柄のカードを発行するという。ペンギンマニアの私としては黙っていられない。

早速、渋谷のみどりの窓口に、発売当日なら買えますかと聞きに行くと、朝五時半からの営業なので、九時には完売するだろうという。しかも他社のものはその路線でしか買えず、渋谷で買えるのはＪＲ発行の一種だけだ。

しかし、そう聞くとかえって全種揃えたくなるのがマニアというもの。発売日は十二月一日。日曜だから、家族が寝ている早い時間に行こう。まず渋谷へ。それから山手線で浜松町へ。モノレール発行のものを買ったら、りんかい発行カードをめざし、京浜東北線で大井町へ。帰りは東急線で簡単に帰れる。鉄道路線図を眺め、ふむふむ。普段あまり出か

第二章

❋

料理と趣味のお話

けないので、これだけでも楽しい。

発売日当日、まだ夢の中の夫と娘を残し、八時に家を出た。ピーンと張りつめた朝の空気。何年ぶりだろう、こんな早くに外出するのは。午前中はいつも、洗濯、掃除に洗い物。こんな時間に電車に乗るだけでも、なんだか非日常の世界に飛びこんだ気がする。

いつも混みあう渋谷駅も休日の朝は人が少ない。八時半前にみどりの窓口に着いた。

「今日発売の記念Suicaカード、ありますか」

「はい、あります。何枚ですか？」

一枚購入、デポジットを含んで二千円也。渋谷はあっさりクリア。次は浜松町だ。

山手線の中で今買ったカードを眺め、にこにこ。目のくりっとしたペンギンが三羽、手にSuicaカードを持っている。かわいいなあ。

浜松町に着き、モノレール乗り場をみつけると「記念Suica売り切れました」の張り紙。

「えーっ、もう？」

思わず口をついて出てしまう。駅員さんが、羽田と天王洲はまだあるので行ってみてはと言う。天王洲なら一駅だ。急いでホームへ向かい、モノレールに乗った。

ガタンと揺れて、動き出す。目の前に海が広がった。うわあ、こんなだったっけ、モノレールって。私はすっかり遠足気分になっていた。大昔、父と一緒に乗ったなあ。そのあと船の科学館へ連れて行ってもらったんだ。

懐かしい思い出に浸るのもつかの間の一駅の旅。ホームに降り、さてどっちかなと思った時、向こうに階段を駆け上がって行く数人の男性の姿が！　しまった！　私も負けじと階段へ突進した。改札のすぐ外に、臨時カウンターが設置され、三十人ほどの列ができていた。大きなかばんを肩にさげた、似たような雰囲気の人ばかり。鉄道マニアだ。

そう、ペンギンの記念カードは、ペンギンマニアだけのものではないのだ。

焦って列に並んだ。皆二枚ずつ買っている。一枚は未使用のまま保存するのだろう。渋谷で、「何枚ですか」と聞かれたわけがわかった。

やっと私の番がきた。張り紙に一人二枚まで、とある。私も二枚買って、一枚はきれいなままとっておこうかな。一瞬そう考えたが、

「一枚ください」

すでにJRのものを持っているし、もしこのあと、私のようなのほほんとした人が来たとき、一枚半端で残っていたら、買えるではないか。

モノレールSuicaカード、なんとかゲット。

予定は少し狂ったが、ここはりんかい線も通っているから、かえって手間がはぶけたと思うことにして、最後のペンギンカードを求め、りんかい線の乗り場へ向かった。

が、そこでは予想をはるかに超えた大混乱が起こっていた。券売機からのびる長蛇の

第二章

❋

料理と趣味のお話

列。二百人以上は並んでいるだろう。そして、この列の分しかカードは残っていないことを説明して回る駅員たち、無駄足になったことを怒って改札口につめかける人々……。

その光景を私は呆然と眺めていた。りんかい線は今日が全線開通。Suica導入より開通記念のほうがイヴェントとして大きいのは当たり前。だから、皆りんかい発行の記念カードを求めて殺到しているのだ。

ペンギンがかわいいからカードが欲しいなんていう私の考えは甘かった。

「帰ろ」とつぶやき、改札で「大井町方面はどっちのホームですか」と聞くと、横から「大井町はもっとすごいですよ」と四十代くらいの親切な鉄道マニアさんが教えてくれた。

「いえ、大井町から東急線で帰るんです」

彼にお礼を言って、家路についた。

ミッドナイト・ショッピング

娘の誕生日にドールハウスを買ってあげようと思った。が、何年か前におままごとキッチンを求めてお店を回り、くたくたになったことがふと頭をよぎった。そうだ、先にインターネットで調べておこう。

検索するとあるわあるわ、かわいい品物がよりどりみどり。

しかし私はネットショッピングをしたことは今までない。だって個人情報の流出とかいろいろ騒がれているではないか。大体お金を払って商品が来なかったらどうするの？

そんなわけで下調べにとどめるつもりでいたが、神戸のお店でみつけた英国メーカーのドールハウスが気になってしかたない。淡い空色の二階建て。ジョージアン風でドアや窓が開閉できるのはもちろん、屋根裏部屋もある。

思い切って問い合わせると、すぐ丁寧な返信があった。内容も詳しく、納得のいくよい商品を提供しようという姿勢が感じられ、このお店なら信用してもいいような気がした。

「このドールハウス買ってもいい？　大丈夫かなネットでも。ちゃんと送ってくるかな」

と夫に相談すると、

「大丈夫だよ。今どき君みたいのがまだいるんだな」

第二章

❇

料理と趣味のお話

彼はあきれて言った。問題は支払い。カードを使うのは怖い。その旨メールすると暗号化システムの概要を説明したメールを送ってくれた。夫はまったく問題なしと言うし、いよいよ初のネットショッピングだ。必要事項を送信。ほっと息をつく。確認メールもすぐ届き、待つこと数日。大きな箱が送られてきた。

想像以上に素敵なドールハウスに娘も私も大喜び。こんなかわいいものが家にいながらにして簡単に買えるんだ！

これで味をしめた。

当時わが家には生まれたばかりの双子がいた。連れて買い物に出るなんて考えただけで億劫《おっくう》だ。でもインターネットなら二十四時間いつでも好きなときに買い物ができる。

牛乳やトイレットペーパーなど重くてかさばる日用品はネットで注文、配達してもらうという人もいる。でもそこまで日常に密着した買い物は私にはまだ無理。夜中、子供が寝静まってからかわいい雑貨などを見て楽しんだ。

次に注文したのは、母の欲しがっていたピーターラビット柄の洗面器。以前は近所のスーパーにあったのに見かけなくなったというその品は、生産中止で在庫限り。メーカーと直接やりとりできるから手に入る。母はうれしそうに、

「これこれ、この大きさがいいのよ。ピーターがついててかわいいわ」

と、届いた洗面器をうれしそうに抱えて言った。

そして驚いたのはネット世界の物価である。ほとんどのものが割引だ。しかも検索をかけることによって、他店舗との価格の比較が簡単にできる。あるいは比較されているから競合しているのかもしれない。

ずっと欲しいと思っていたフランス製ル・クルーゼのパンプキン・キャセロール。ハロウィンの季節にかぼちゃ型のお鍋でかぼちゃのスープを作ったらかわいいだろうなあとずっと憧れながら、二万七千円という値段にためらっていたのだが、なんと四割引の一万六千円に、思わず「買い物かごに入れる」ボタンをクリック！

また、さらに驚くべきは配達の早さ。注文したその日に発送され、翌日にはもう商品が到着などということもあった。こうなると支度をして出かけるよりも早い。潮干狩りの持ち物の中にビーチサンダル不可、バックストラップ付で水に入れるサンダルが必要と目にし、即パソコンをたちあげた。何せ下の子を預ける算段をしている間に買えるのだ。

この二年間で購入したものは数知れず。子供たちが大喜びのペンギン型かき氷器、クリスマスには北欧のテーブルクロス、娘のバレエ用品一式も調達した。

あれだけ怖がっていたくせに、今や「カードで支払い」ボタンをクリック、送信ボタンをクリック！　あっという間に注文してしまう。

余裕が出てくると画面のあちこちに目が届き、レビューなるものを発見した。その商品を実際に購入した人が意見や使い勝手などを投稿したもので、よい評価もあるが作りが雑とか、すぐこわれたとか辛口のコメントもある。迷った商品は買う前にレビューを見て決めるという使い方ができるのだ。

その中で「リピ買い」という言葉を覚えた。食品や消耗品に多い。リピート、つまり何度も買っているという意味だ。「すごくおいしかったので、またリピです」などと使う。

今のところ私のリピ買いは冷凍パン生地。クロワッサンやデニッシュの生地が冷凍したまま送られてくるので、解凍して発酵させて焼くだけ。おいしい焼き立てパンが手軽に楽しめる。家族にももちろん好評で、私の寝不足はまだまだ続きそうだ。

アラビアのムーミン

「ねえムーミン、こっちむいて」

という歌で始まるアニメのムーミンを楽しみにしていたのは、まだ幼稚園に入る前だっただろうか。もう四十年も昔のことだ。ぽわんとしもぶくれの顔にチューリップのようなしっぽ、愛嬌のあるキャラクターは当時も今も人気である。

母はムーミンのことをカバだと言ったが、本名はムーミントロール、つまり北欧の妖精だ。それぞれにユニークな個性のキャラは、スナフキン好きやミイマニアなど個別のファンも多いが、私は、ムーミンやフローレンなどカバタイプ顔のキャラクターが好き。特にお料理好きでバラを育てるムーミンママには親近感を覚えている。

二〇〇四年の冬、デパートの催事場に飾られたマグカップに足をとめた。淡いブルーの地にクリスマスツリーを眺めるムーミンたちが描かれ、ほのぼのとしていてとてもかわいい。三千円近いお値段は、ちょっと高価だが、どうしても欲しくて買い求めた。これが私と「アラビア」の陶器の最初の出会いだった。

アラビア社は一八七三年にフィンランドで誕生した陶磁器ブランドで、ヘルシンキに工場がある。洗練されたフォルム、柄でとても人気である。このマグカップもぽってりと厚みがあり、すとんとシンプルな形で、取っ手は手になじみやすい。メインキャラが描かれた定番の他に、毎年限定柄が発売される。

このクリスマス柄を購入した年に、うちには双子が生まれた。年上の友人Rさんが、出産祝いの希望を聞いてくれたので、私は「アラビアのムーミンのマグカップ」とリクエストした。

数日後、Rさんから電話がかかってきた。

「今ね、食器売り場に来てるんだけど、ムーミンのマグカップ、お姉ちゃんの分はいいの？」

Rさんは二人の子供のお母さんなので、赤ちゃんが生まれたときの、上の子の気持ちをよくわかっている。もちろん私は自分で娘にも一つ買ってあげるつもりでいたので、そう伝えると、

「あ、じゃあいい、いい。私からあげるから。カップとお皿のセットを双子ちゃんにあげるか、カップ三個にするか迷ってたんだ。でも、ママも欲しいんでしょ？」

私の心を見透かしている。

「え、でもそんなにたくさんは」と遠慮すると、「お皿も一緒にあげるつもりだったんだからいいよ」と彼女は笑って言った。

ところがしばらくするとまた電話がかかってきた。

「パパはこういうの、気にする？　自分だけないって」

実は気にするのだ。意外に子供っぽくて、僕のはないの？　なんて言ったりする。結局Rさんは出産祝いに五個のマグカップを持ってきてくれた。

長男にムーミン、次男にはスナフキン、娘にはムーミンとフローレンがハグしているピンクのカップ。そして私にはムーミンママを中心に家族が踊っている柄。黒地に黒い帽子のムーミンパパ柄は、

「これ一個だと買おうと思わないけど、何個か並んだ中に一つあると締まっていいよね」

と、Rさんも満足げだ。こうしてわが家の戸棚にはアラビアのマグカップが並んだ。

それから一年ほどして、あるキッチン用品店の閉店セールに行ったところ、ムーミンファミリーが列になって歩いている柄の水差し《ピッチャー》があった。厚みと形になんとなく共通するものを感じて手にとると、やはりアラビア製だ。他にもいろいろあるが、どれも高価だ。

しかし、だからこそセールの割引は魅力的。結局、そのピッチャーと飾り皿を一枚、そしてお店の人の「レアですよ」の言葉についつい絵皿時計まで買ってしまった。同じムーミンでも、もっと安価な日本製の食器もあるのだが、なんとなく色合いや模様の描き方が違う。

カップはずいぶん増えてしまったので、お皿が欲しいなあと考えていると、銀座のお店で、お皿は製造中止になったと聞いた。

第二章
❋
料理と趣味のお話

「セールで出したら飛ぶように売れました。今あるもので最後なんですよ」

引き続きボウルは製造するそうだが、平らで少しふちがあるお皿のほうが使い勝手がよさそうだと思っていたのに。その場にあった最後の一枚は双子のトフスランとビフスランの模様。双子つながりでいいかと購入した。

ところが最近になってインターネットショッピングをよく利用するようになり、アラビアの食器も見かけるが、ある日私の持っているピッチャーを見つけてびっくり。

三万五千円？　買ったときは一万円もしなかったのに。その後気をつけて見ていると、定番商品は定価か、ネット販売らしく少し割引で売っているが、限定柄や製造中止になった商品の価格は高騰している。ピッチャーと一緒に購入した直径十二センチの飾り皿は二万五千円。絵皿時計にいたっては五万五千円。

なんと、わが家はお宝の山ではないか。でも、もちろん絶対手放さないけどね。お気に入りのムーミン、まだまだ増殖中である。

ぷち・サンプル

数年前のこと。スーパーでぷち・サンプル『街のデザート屋さん』という箱入りお菓子を見つけた。スイーツ好きとしてはたまらない。

一箱買ってみると中にはガムが一粒とミニチュアのアフタヌーンティーセットが入っていた。お菓子が目的ではない、いわゆる食玩である。コレクターもいると後で知った。

とにかくそのミニチュアのよくできていること。プラスティック製ではあるが、ポットとカップ、それに直径三センチほどのお皿にサンドイッチやスコーンがのり、ちゃんとスタンドまでついている。最初は二歳の娘のおもちゃにでもと思ったが、とんでもない、私のほうがはまってしまった。

数日後、もう一つ買ってみると、今度はかわいらしいシュークリームとエクレアがでてきた。その後ハニートースト、クリームソーダと続いたが、みたらしだんごなど和風のものもある。箱には十種類のお菓子の写真がのっている。いちごタルトが欲しいなあと開けると、またシュークリーム。これがくせもの。どれが出てくるかわからないのだ。

ある日、お菓子教室のお友達、Iさんが、

「これ、娘が大学の帰りに買って来てくれたの。ゆきちゃんにって」

料金受取人払郵便

新宿局承認

4946

差出有効期間
平成31年 7 月
31日まで
（切手不要）

郵便はがき

1 6 0 - 8 7 9 1

843

東京都新宿区新宿1－10－1

（株）文芸社

愛読者カード係 行

ふりがな お名前		明治　大正 昭和　平成　　年生　歳	
ふりがな ご住所	□□□-□□□□	性別 男・女	
お電話 番　号	（書籍ご注文の際に必要です）	ご職業	
E-mail			
ご購読雑誌（複数可）		ご購読新聞 新聞	

最近読んでおもしろかった本や今後、とりあげてほしいテーマをお教えください。

ご自分の研究成果や経験、お考え等を出版してみたいというお気持ちはありますか。

ある　ない　内容・テーマ（　　）

現在完成した作品をお持ちですか。

ある　ない　ジャンル・原稿量（　　）

書　名				
お買上 書　店	都道 府県	市区 郡	書店名	書店
			ご購入日	年　　月　　日

本書をどこでお知りになりましたか?

1.書店店頭　2.知人にすすめられて　3.インターネット(サイト名　　　　)

4.DMハガキ　5.広告、記事を見て(新聞、雑誌名　　　　)

上の質問に関連して、ご購入の決め手となったのは?

1.タイトル　2.著者　3.内容　4.カバーデザイン　5.帯

その他ご自由にお書きください。

(　　　　)

本書についてのご意見、ご感想をお聞かせください。

①内容について

②カバー、タイトル、帯について

弊社Webサイトからもご意見、ご感想をお寄せいただけます。

ご協力ありがとうございました。

※お寄せいただいたご意見、ご感想は新聞広告等で匿名にて使わせていただくことがあります。

※お客様の個人情報は、小社からの連絡のみに使用します。社外に提供することは一切ありません。

■書籍のご注文は、お近くの書店または、ブックサービス(0120-29-9625)、セブンネットショッピング(http://7net.omni7.jp/)にお申し込み下さい。

第二章

❇

料理と趣味のお話

と、ぷち・サンプルのいちごタルトを差し出した。なんと秋葉原や渋谷には中身が見えるよう開封したものを扱うショップがあるそうだ。定価二百五十円のものを少し高い値段で売っているが、目的のものが出なくて何個も買うよりは安上がりだ。しかし中にはシークレットといって、箱には印刷されていない種類が入っていることがある。そうなると数千円で取り引きされるらしい。

また、東急ハンズやトイザらスなどの大型店に行くと、お菓子に限らずコンビニ、和食屋さん、デパート等いろいろなシリーズが並んでいる。

中でも『ぷちキッチン』に釘づけになった。クッキーやアップルパイ、シフォンケーキなどのお菓子作り道具が十種類。「欲し〜い」。でも、これを全種揃えるのは至難の業だろうと予想した。二十個以上買うはめになるのではないだろうか。

ところがその年、私は双子を妊娠し、早期入院することになってしまった。無事出産できるかという不安、娘と離れて生活する悲しさ、寂しさに涙していたが、友人たちがかわるがわる訪れ、慰めてくれた。そんなある日、Ｉさんが大きな袋を持って病室に現れた。

「うちのお姉ちゃんが大人買いしてきてくれたの」

中には『ぷちキッチン』と『こんがりパン屋さん』のフルコンプリートが入っていた。全種類揃ったセットをお金に糸目をつけずに買うのは子供にはできない。大人買いとはよく言ったものだ。

三センチほどの泡立て器、ミキサーにはスイッチもある。一センチ四方くらいの生クリームの箱のなんとよくできていること。小さな小さなクロワッサン、私の大好きなデニッシュにベーグルサンド。ああ食べたい、おいしそうと病院食をうらめしく思う副作用はあったものの、ベッドの上にミニチュアを並べ、私はしばらくニマニマして楽しんだ。

あれから五年、わが家のぷちは増え続けている。娘も母親の血を継いだか、こまかいものが大好き。四歳のお誕生日にドールハウスをあげたので、そのお道具としては最適だ。『ぷち家電館』で炊飯器と電気ポット完備。『バクヤス電気』の掃除機は「展示処分品」というシールつきで恐れ入った。

娘も年齢があがると、自分の欲しいものを指定するようになった。おこづかいをにぎりしめ選んだのは『こぐまキッチン』。ハンバーガーやホットケーキが全部クマの形をしている、いかにも幼児が喜びそうなシリーズだ。が、叔母にもらった千円をつぎ込み四つ買ったら、うち二つがオムライスだった。同じものがダブるのは子供には酷だなあとは思ったものの、取り替えるわけにもいかない。これも社会勉強。世の中思いどおりにはいかないと覚えさせるしかない。

その後も子犬つきの犬小屋にひかれて『ホームセンター』を購入したら、洗車セットが出てきて呆然。少しは懲りるかと思えば今度は『ドラッグストア』が欲しいと言う。なんでそんなものをとびっくりしたが、オムツや哺乳びんの入った赤ちゃんセットがお目当てだ。しかしそれ以外は洗剤に胃薬、蚊取り線香である。養〇酒なんて出てきたらどうするのだ。

「ああ、あれね。オムツが出るまで買わされたわ」

と幼稚園のお友達ママ。どうやら小さい女の子には赤ちゃんごっこがはやりらしい。

「重いのを買うといいと思うよ。オムツがね、ぎっしりつまってて結構重いの」

と彼女が箱を一つ一つ手にのせ選んでくれ、一発で赤ちゃんセットをゲットした。

最近は他社からも同様の食玩が発売され、インターネットの普及とも相まってコレクター人口も増えているようである。

買いたくなるよね。だってかわいいもん。

こだわりの品々

一、ペンギンもの

「ペンギン見るとゆきちゃんを思い出すのよねえ」

と皆に言われるほど、切っても切れない私のトレードマークとなっている。

もともと鳥好きだったのだが、いつのまにかペンギンが一人歩きをはじめた。洋服、アクセサリー、タオル、調理器具といった日常必要なもののどこかにペンギン模様がついていたり、オルゴールや貯金箱、ガラス細工など飾り物も多い。自分で買うだけでなく、よく頂くので、どんどん増殖する。わが家はまさにペンギンコロニー。

二、季節もの

四季があるのは日本の大きな魅力の一つだと思っている。節分にお雛様、端午の節句。春には桜を愛で、七月にはさらさらいう笹の枝に色とりどりの短冊をつるし、願い事をする。そんな伝統的な風習もいいが、海を渡ってきた風習にも、今や日本にすっかり根付いたものがある。

十月に入ると、わが家は俄然《がぜん》にぎやかになる。ハロウィンの飾りつけをはじめるからだ。魔女、黒猫、かぼちゃ……。私にとって魔女は怖いというイメージはない。子供のころ、童話に登場するかわいい魔女たちに憧れ、生まれ変わったら魔女になりたいと思っていた。ハリー・ポッターがはやるずっと前から大好きな世界だ。

そして万聖節をすぎると、飾りはクリスマスにかわる。ツリーにサンタはもちろん、名前が「ゆき」なのもあって、特に雪の結晶のモチーフに凝っている。

毎年少しずつ増えるクリスマスグッズは、年末、お正月飾りに場所をゆずり、クローゼットの一番上に戻る。それぞれの季節のものは、一年に一回しか出番はないけれど、私には必用な品々なのである。

三、お菓子もの

加藤千恵先生のお菓子教室に通っている。フランス製の型は、やはりお菓子の本場だけあって、国産のものよりつくりがしっかりしている。熱伝導がよく、ケーキの焼きあがりが違う。違いがわかるようになると質のよいものが欲しくなり、かっぱ橋の道具街へ何度も足を運んだ。

お菓子作りには専用の道具も多く、そのお菓子にしか使わない、というものも多い。

先生のスイス製クッキー型は、バネ式で、やわらかい生地もうまく抜くことができる。雪の結晶や流れ星の形は繊細で美しく、あまりに皆が欲しがるので、先生が工房に注文してそっくりにコピーした型を作ってくださった。こうなると買わずにはいられない。特注なので一つ五千円。でも私たちには十分価値のある品である。

道具ばかりではない。ケーキやクッキー、ホイッパー、カップなどの形のマグネットに文房具。チャームやアクセサリーにもつい目が行く。ハワイではケーキの形のボタンカバーを見つけ、珍しいのでおみやげに買って帰った。

早速教室につけていくと、シャツに並んだタルトやアップルパイに、先生まで目をとめ、「かわいいわねえ」と大人気。

同好の士は多いのである。

四、英国もの

初めて英国が好きだという思いを抱いたのは小学生のころだった。図書館の本を片っ端から読むうちに、気に入った本がほとんど英国のものであることに気づいたのだ。

高校生のころから、約二年に一度ほどのペースで英国旅行をしている。シャーロック・ホームズ、ピーターラビット、プーさん、妖精、ケルトなどなど、毎回ポイントをもうけて回った旅だった。日本的な「イギリス」という呼び方が好きになれず、英国と呼ぶのも一つのこだわりだ。

旅行中に買った雑貨や衣類はもちろん宝物。写真もきちんと整理し、チラシや航空券の

第二章

❊

料理と趣味のお話

切れ端だって大事にスクラップしてとってある。

旅行から帰っても、まるで遠距離恋愛の恋人のように彼の地を想い、英国関連の催しやお店のチェックは怠らない。

先日、三越の英国展に足を運んだときのこと。テディベアの製作実演コーナーで、エイプリルさんに出会った。彼女の作るベアは、帽子と靴で、ウサギや豹などの動物に仮装している。そのかわいらしさにくぎ付けになってしまった。

「私ペンギン好きだから、ペンギンベアがいたら買うのにな」と洒落で言ったところ、なんとあるとのこと。いま作りかけだから、明日ならできあがると言う。

ペンギンと英国のダブルパンチではないか。あえなくノックアウト。翌日迎えに行った。クマの足にはエイプリルさんのサインも入れてもらい、一緒に写真も撮った。

後日三越からの九万円の請求書に、母が目をむいた。少しでも割引してもらおうと、父の家族カードを使ったのがばれたのだ。

もちろんしっかり徴収され、クマに九万円なんて、とお小言を頂戴したが、私にとってはその価値のある品なのである。

極めるワイン

三年前、夫がワイン講座に通い始めた。都内の有名ホテルで開催されるだけあって、珍しいワインが出たり、お友達も舌の肥えた人が多く、自分も負けじと勉強にも熱が入るようだ。

なんだか妙な匂いがするなと思ったら、匂いのサンプルの小瓶が何十本も入った箱を抱えて嗅ぎ分ける練習をしている。

「くさいよ、なんか。やめてよ」

家族に不評でも意に介さず、「なめし皮の香り」をくんくんしたかと思えば「グズベリーってどんなの？」と聞いてくる。ラズベリーやマルベリーなど、欧米人には身近なベリー類だが、日本人にはなじみが薄く、区別が難しい。私は長年お菓子を習っているので、いろいろなベリーを素材としてよく使う。しかし男性にしてみればケーキに乗っているのがストロベリーかラズベリーか気にもしないことが多いだろう。そこで私に聞いてきたらしい。とにかく勉強熱心が取り柄の人である。

あるときいろいろなワインが試飲できるよ、おもしろいよ、と誘われてワインマルシェについて行ったことがある。ホテルの大広間に入ると数十の業者のブースがあり、たくさんの瓶を並べて試飲を勧め、販売する、即売会のようなものだ。私は五種類ほど試飲したところで酔いが回ってきたが、ほとんどの人は手に大きなプラコップを持ち、ワインをそこへ吐き出している。酔うと正確な判断ができないので、口に含むだけで飲み込まないのだ。

私は吐き出すなんてお行儀が悪い、気持ち悪くてとてもできないので、夫がすすめてくれたものを十種類ほど試してギブアップ。

夫がこれを家でもやるので困る。しかもズズーっと音をたててワインを吸い込む。空気とともに口に含むと味と香りがよくわかるとか。子供たちもいるのに、よくないのでやめて、といっても聞かない。

ついには資格をとると言いだした。ワインの資格というとソムリエですかといわれるが、業界経験が必要なので、サラリーマンにはほぼ不可能。誰でも受験できるワインエキスパートもあるが、それではおもしろくないと、WSETの資格をとるという。

Wine & Spirit Education Trust は英国で四十年以上の歴史を誇るワイン業界最大の教育提供機関だ。その認定試験はソムリエになった人が次に目指す資格だという。日本ではまだあまり認知されていないが、世界的に通用する資格である。

日本国内で受験することができるが、試験はもちろんテキストも全部英語。マーカーをひいて、ぶつぶつ呟きながら暗記している。暗記だけでなく、今後の展望までを踏まえたような論述問題があるのもソムリエ試験と違う。筆記試験の他に実技試験もある。ワインの香りを何かにたとえて記述したり、複数のワインの名前や生産年、産地をあてたりする。

テイスティンググラスをたくさん用意して、数種のワインを少量ずつ注ぎ、見ていない間に、子供たちにグラスの位置を変えさせる。それを色、香り、味と比べてどの瓶から注いだかをあてる。そんな練習がひたすら続いた。

試験は五段階に分かれ、下の二つは Fail、不合格である。合格は下からただの Pass、Pass with Merit、Pass with Distinction で、彼は一番上を目指すと強気である。

資源ごみの日には、パーティーでもあったのかというほどの空き瓶を出す日々が続き、迎えた試験当日。それなりにできた、と夫はほっとしたような顔で帰ってきた。

それから約三週間、結果が郵送されるころになると、ポストをのぞきそわそわ。

そんな夫が出社した直後に大きな封筒が届いた。ちょうど遊びに来ていた仲良しのS子と「あっ！　これだ！」と盛り上がる。

すぐメールすると「え！　じゃあとっといて！　帰ったらすぐ見るから」と返信があった直後に「やっぱり今開けて。結果しらせて」とまたメール。「自分で開けなさいよ」と私たち。「えー、でもまだ午前中だし。厚い？」

気になるならすぐ帰ってこいと送信。すると、S子が封筒を触りながら、「なんか入ってるわよ、ほらここ。バッジじゃない？」と言う。たしかに、厚みのあるものが何かにくるまれている感じがする。

それを聞いて夫は、たぶん合格とは思いながらきっと一日じりじりしていたのであろう。帰宅し、子供たちと私が手にカメラやスマホを構えて取り囲む中、彼は封筒を開けた。

「やったあ！　Distinctionだあ！」

努力が実り、見事最高レベルでの合格を勝ち取った。ぶどうではなく、女の人の形のバッジをつけ、ご満悦である。

日本人の合格者はやはり少ないようで、本人は控えめに自慢していたが、なんと、後日協会から、日本で最高得点だったとして、アジア地区の代表に選ばれ、ロンドンでの表彰式に招待する旨の連絡があった。

一月末、ロンドンのシティで行われたＷＳＥＴのセレモニーはそれは荘厳なものだったようで、夫はとんぼ返りながらも参加し、なんと奨学金が出たので、さらに上のディプロマを目指すと、満足そうに帰国した。

またパパの試験勉強か、と私たちはちょっとやれやれな気分で祝ってあげた。

お気に召すまま

「ライン川の方のワインは瓶が茶色、モーゼル川の方は緑なんだよ」

父がテーブルの上のワインの瓶を指して言った。まだ小学校低学年のころだったと思う。これがとても鮮明に記憶に残っている。私がワインをはじめて意識したのはこのときだったかもしれない。

ラインとモーゼルはドイツの川だが、フランスやイタリアなど、ワインは産地によって瓶の色や形が決まっているのだとは後で知った。

しかし、瓶以上に、その中身は星の数ほどの種類がある。価格も千円そこそこから、上は青天井だ。

バブルがはじけたころ総合商社に入社した。まだ泡の名残があって皆ぜいたくだったように思う。会社の同僚数人でイタリア料理を習ったが、先生はミラノ駐在だった上司の奥様で、かなりの食通だった。お稽古は休みにして、レストランやワインの専門店に連れて行って下さったりもした。

専門店はおもしろいところで、お料理はコース一種類しかない。珍しいワインを楽しむために料理が必要、という考え方で、水も置いていなかった。

こんなお料理には、こんなワインが合う、などと教えてもらい、ちょっと気取っていた。今思えば熱心でもあり、でも柔軟性に欠けていたかもしれない。

それから十年ほどたってからのこと。仲良しのS子と時計の展示会に出かけた。会場はホテルの大広間で、時計やジュエリーを見ながら、お寿司やおそばなどの軽食を頂けるようになっている。飲み物はお茶だけでなく、ジュースやアルコールもあった。

子供が生まれてまだ一年と少しの私は、その日は娘を母に預かってもらっての外出。せっかくの休日に乾杯しようと、私たちはシャンパンのグラスを手に、席に座った。

「お寿司とシャンパンってあうのよね」

S子は言う。たしかに、きりっと冷えたシャンパンの泡は、トロッとした魚の後味をすっきりさせてくれる。和食だから日本酒、ではなく、自由な発想で楽しむお酒がだんだんに広まってきた感じがしていた。固定観念に囚われる必要はないのだ。

和食にワインだけでなく、その逆もまたしかり。近年ではフレンチやイタリアンに日本酒のマリアージュ、というのが定着してきているそうだ。

数年前、ロンドンを訪れたとき、王室御用達のチョコレートチョップで、日本酒入りのトリュフを見つけた。箱に漢字で「酒」と書いてあるのには笑ってしまった。

そして、実は私が子供のころから、わが家には東西の文化のマリアージュがある。お正月のお屠蘇がシャンパンなのだ。

どうも母が屠蘇散の味が好きでなく、あるとき変えてみたらしい。以来、屠蘇器の銚子の中身はシャンパンである。

それではお屠蘇ではない、と言われたらそれまでだが、家族そろって、順々に盃にお酒を注ぎ、その年の幸を祈るのは変わらない。

シャンパンは大晦日に夫が選びに行くのが恒例となった。夫はもともと無類の酒好きで、ビール、ウィスキー、ワイン、日本酒、焼酎となんでもいけるが、五年ほど前、一念発起してワインの資格を取得した。

飲食店勤務の経歴が必要なソムリエは、サラリーマンでは受験できないので、ソムリエが目指す、英国ＷＳＥＴの資格に挑戦した。

猛勉強の末、合格したが、なんとアジア地区優秀者として奨学金をもらって、その上のディプロマ受験コースに進むという。

先日、無事ディプロマを取得して、やっとこれで終わり、と家族皆ほっとした。

ところが英国のＷＳＥＴでもＳＡＫＥコースができ、今度はそちらをとると、酒蔵をめぐり始めた。やれやれである。

私は日本酒はあまり得意ではなく、ワインも自分でおいしいと思えれば満足である。

昔は、肉には赤が合うとか、赤ワインの方がポリフェノールが多く体にいいとか聞いて、それなら赤をと選んでいたが、最近は料理に関係なく白ワイン派だ。ほんのり甘みが

第二章

❊

料理と趣味のお話

あるすっきりとした白が好きで、特に料理によって変える必要もないと思っている。

お菓子を作るときにも洋酒は使う。オレンジの皮の香りが爽やかなコアントローは焼き菓子にはよく使われるが、私は時々アマレットを入れる。ほんのり杏仁の香りがしてやわらかい印象になる。

バナナブレッドにラム酒はおきまりだが、私は定番のマイヤーズよりフランスのネグリタのものが好きだ。つんとした感じがなく、香りが穏やかに感じる。

あれ、お菓子のことになると私もずいぶんこだわっているかもしれない。夫のことは言えないな。

日本シャーロック・ホームズ・クラブ

中学生のとき、学校の図書館で、新潮文庫の『シャーロック・ホームズの冒険』を手にとった。これがおもしろい。次々と読み進み、あっという間にシリーズを読破してしまった。

小学校低学年のころ、子供向けのミステリー文庫を一冊読んで震え上がり、それ以来「ミステリーはこわいもの」と、一切手を出さなかったのだが、なぜこのときホームズに惹かれたのだろうか。かの名探偵の冴《さ》えた頭脳で答えを導いてもらわなければならない。

コナン・ドイルの書いたオリジナルを何度も読んだ後は、研究書やパスティッシュも読むようになった。そんな折、『シャーロック・ホームズ雑学百科』に出会った。日本シャーロック・ホームズ・クラブ、略称JSHC会員の共著で、最後のページに「もしこの本を読んで、当会に興味を持った方はご一報ください」と連絡先が記してある。私はためらいつつも、そこへ手紙を出したのだ。

世界には、ロンドンのSHS、ニューヨークのBSIなど、入会すること自体が名誉となるような、審査の非常に厳しい団体もある。しかし折り返し送られてきた入会案内の「論文はいりません」の文字にほっとして、すぐ入会希望の書類を送った。

第二章

❇

料理と趣味のお話

ＪＳＨＣでは、春に東京で、夏には地方で全国大会が開かれ、他にも軽井沢や鎌倉でのセミナー、毎月の例会など多彩な催しが行われている。私は入会してすぐ、春の大会に行ってみたが、大人ばかりで気後れしてしまい、その後は会誌や会報を読むだけだった。年末になると年会費を捻出するのが苦しくて、退会を考えたこともある。

そんな私も大学を卒業、就職し、結婚した。そのころ、会報にこんなお知らせが載った。

「ＮＨＫの番組でホームズ特集をすることになり、出演者を募集しています。これはというこだわりの人、自薦、他薦は問いません」

そうだ、と思い浮かべたのは会社の先輩。映画監督めざしてアメリカに留学し、プロの俳優を使ってホームズ映画を作った人だ。

すぐ彼に電話し、了解を得て、クラブに連絡した。彼は会員ではないものの、その大作は番組内で紹介されることに決まった。

ところが、その後困ったことに「出演する人数が足りないので、手塚さんも出てくれませんか」と連絡があったのだ。

「いいえ、恥ずかしいので、いいです」と辞退したが、男性チームと女性チームの対決で番組を進めるので、人数が合わないと困るのだという。結局、せっかくのお誘いなので、出演をＯＫした。

ＮＨＫが家に取材に来たときは、スコーンを焼いて、紅茶を淹れたが、スタッフの驚きは、ホームズより紅茶の缶の多さに向いていた。

クイズ対抗戦の撮影では渋谷のＮＨＫのスタジオ前に集まり、まずチーム名を決めた。女性チームはペルシャンスリッパーズ、男性チームはクレイパイパーズ。共に勝利を誓い、出発。謎解きをしながら東京中を走り回った。

そしてこれが縁となって、たくさんの友達ができた。一緒のチームの女性たちはもちろん、男性チームの人たちや、スタジオ収録の応援に駆けつけてくれた人たち。それまで入っていきにくいと感じていたのが嘘のように、にこにこと話しかけてくれる。

普段顔を見かけないし、まだ若いほうなので、皆、私のことを新しい会員だと思っていたようだが、ある時、四つ年下のＮちゃんが、私の会員番号を見て、「え、栄光の三ケタナンバーじゃないですか」と声を上げた。

ほほう、最近はそういうのか、と驚きつつ、彼女の番号を聞くと、なんと二千番台。入会順に採番し、昨年で三千番を超えたというが、やめた人のところは欠番になるので、現在の在籍メンバーは千名弱だ。

全国に散らばっているので、顔を合わせたことのない人も多い。でも、それぞれの趣味や、地方ごとに支部を作ったりして、交流も盛んである。

近年はメーリングリストなどもできて、情報交換も便利な時代になった。

第二章

❊

料理と趣味のお話

入会して三十余年。

会誌発送のボランティアをしたり、新しく出版されるホームズ研究書の原稿を書いたり、例会の講師をしたりといろいろな活動に参加した。

海外団体も迎えての全国大会で、ただ一人、高価なホームズＣＤロムが当たり、拍手の中、真っ赤になって壇上に立ったこともある。

軽井沢にホームズ像を建立する発起人にもなった。ホームズの足元の銅板には、今も私の名前が刻まれている。

夫も家族会員として登録した。

憧れの地だったロンドンは、高校生で初めて訪れたが、その後短期留学もした。大学時代、アルバイトをして飛行機代をため、一人で英国中を旅して回ったこともある。

結婚してからは夫と二人で、そして子供たちも一緒にと、旅のスタイルは変わっても、行くたびにホームズの足跡を探している。

陽だまりの記憶

小学校の校舎はL字型で、西側の一角に図書室があった。本が何より好きで、読書が一番の趣味だった私は、どのくらいの時間をこの図書室で過ごしただろうか。

玄関から下駄箱の並ぶ通路を抜け、職員室、保健室を通り過ぎた一番奥、引き戸を開けると周り中に書架が並び、本のにおいがする。南側と西側は窓で、明るく光が差し込む、あたたかい、穏やかな空間だった。

当時はお小遣いをもらっていなかったが、テストで良い点をとると、母がご褒美に五百円をくれた。大好きな岩波少年文庫が一冊買える額だった。図書券にして渡さなくても、私が本以外買わないと母は知っていたのだ。その五百円札を握りしめて何度も本屋さんへ走った。でもハードカバーは手が出ない。そこで図書室で分厚い本を選んで座り、借りて帰り、読み耽《ふけ》った。

中でも気に入って何度も借りたのは『木かげの家の小人たち』と『くらやみの谷の小人たち』。いぬいとみこさんの名作だ。外国の児童文学が好きな私が、この日本の物語に心惹かれたのは、主人公と小人との交流や、野の描写、谷という設定などが、英国の文学に通じるところがあったからかもしれない。

第二章

❊

料理と趣味のお話

似ているのはノートン作『床下の小人たち』。「借り暮らし」と名乗り、家の中のものを「借りて」生活する小人たちの物語。古い家の床下で両親と暮らす小人の女の子アリエッティは、人間の男の子と知り合いになり、交流を深めていく。

小さいころには絵本も読んだ。『ぐりとぐら』、『白いうさぎと黒いうさぎ』、かわいい絵は今でも鮮明によみがえる。

童話ではグリムをはじめとする外国の定番、『いやいやえん』のような日本の定番、昔話も読んだっけ。

卒業するまでに図書室の本はほぼ読みつくしたが、ある一段だけ近づくことができない本棚があった。

プールを見下ろす南側の窓、その下にある三段ほどの小さな棚に並んだ十数冊の推理小説のシリーズだ。白い背表紙には黒い太文字でタイトルが書かれ、怪人二十面相の絵がついていたと今でもはっきり目に浮かぶ。

四年生くらいだったか、私はその中の一冊を手にとった。『黄金虫』というタイトルだったように思うのだが、記憶はあやふやだ。図書室の本は一冊残らず読むのだと片っ端から読んでいた。いつものようにカウンターに向かい、貸し出しカードに記入し、家に帰った。

そして読み始めて震え上がったのである。猫を殺し、殺人を犯し、また生きながら壁に塗り込められた猫が……。恐ろしくて恐ろしくて生きた心地がしないほどの衝撃だった。たぶん一冊全部読み終えることなく、初めて途中で返却した。

それ以来、そのシリーズには一切手を出さなかったのはいうまでもない。名探偵シャーロック・ホームズや怪盗ルパンなどのタイトルもあったことは覚えているが、これも怖い話なのだと勝手に思い込んだ。

中学生になって、ふとしたことから、親しい友達にその話をした。学年トップの秀才で物知りの彼女は、

「『黄金虫』って暗号解読の話だから、そんなに怖いはずないんだけどなあ」

と言う。

そう？　あの恐怖の一冊は短編集だったような気がするから、では私は違う作品を読んで怯《おび》え、『黄金虫』は読まずに返してしまったのかもしれない。

試しにエドガー・アラン・ポーの作品を調べてみたところ、私が恐ろしくてたまらなかった猫の話は『黒猫』という作品ではないか、と推察できた。

こうして幼いころの恐怖は徐々に薄らいでいった。さらに後日談であるが、中学三年になって、それまで怖いからと手を出さなかったシャーロック・ホームズを一冊、中高の図書館で借りてみた。これがおもしろい。一気に引き込まれ、あっという間に全六十編を読んでしまった。しかもその後、日本シャーロック・ホームズ・クラブに入会し、いまや立

派なシャーロッキアンである。

もし小学校の図書室で手に取ったのが、ポーではなくドイルの巻だったなら、あんなに怖がらず、小学生シャーロッキアンが誕生していたかもしれない。

子供が生まれ、自分も母として本を選ぶことが多くなった。

ももいろのクレヨンでキリンを塗るのだけれど、クレヨンが足りなくなって、という『ももいろのきりん』。ページをめくると、色とりどりのクレヨンの木。ああ、読んだこれ、大好きだった、と甘い記憶がよみがえる。

小学校の図書室の、プールの水面から反射するきらきらした光にみちた、思い出とともに。

第三章

※

ペットと家族、そして温かい人々

わが家の小鳥事情〜ピー太郎登場

私が小学生のときから、わが家にはいつも小鳥がいた。代々全部で四羽。皆、ヒナから育てた手乗りのボタンインコだ。

ボタンインコはアフリカ原産で、大きさはセキセイインコを一回り大きくしたくらい。少しころっと丸みを帯びた体型で尻尾が短く、大きな目がチャームポイントだ。緑と黄の羽毛に真っ赤な嘴《くちばし》と実に鮮やかだが、わが家で飼ったのは、改良種のブルーボタンインコで、背中がブルー、お腹は水色、嘴はピンク、と少し控え目。三代目だけがさらに淡い色のホワイトブルーボタンインコだった。

家族みんなでかわいがっていたが、四羽目が死んでしまったとき、母が宣言した。

「もう二度と小鳥は飼わない」

こんな思いはもうごめんだ。三日三晩泣き明かした後にそう言った。

父も私もこれに異を唱えず、それでも鳥かごを捨てる気にもなれず、しばらくして小鳥用品一式は物置にしまい込まれた。そして小鳥のいない生活が三年余り続いた。

一人っ子の私には特につらい日々で、何度か鳥を飼おうと提案したが、旅行のとき困る、死んだら悲しい、と否定され、ますます私の「小鳥が欲しい願望」は募っていった。

そこで大学三年生のとき、私は無謀にも両親に内緒で鳥を飼おうと考えた。一人でヒナを育てる自信はあったし、見つかっても、野良猫ではあるまいし、小鳥を捨ててきなさいとは言われないだろう、という読みもあった。

名前も決めた。大好きな小説の登場人物からとって「ピー太郎」。鳥は小さいうちは性別がわからないので、見切り発車である。

決行したのは春休み。私は車で玉川高島屋へ向かった。が、小鳥売り場へと歩きながら、「やっぱりまずいよな。帰ったほうがいいよ」と心の奥に縮こまっている良心のささやきが微かに聞こえてきていた。しかし、やかましい鳴き声の中、たくさんの鳥かごの前を通り過ぎ、ボタンインコのヒナの区画に差しかかった瞬間、その微かなささやきはふっとんだ。そこにピー太郎がいたのだ。

ヒナたちは皆、まだろくに羽もはえ揃っていない小さな翼の下からポヤポヤの羽毛がのぞき、頸《くび》のあたりなどピンクの地肌が見えている。寒いのか怖いのか、くっついておしくらまんじゅうをしている中に、さらに頭をズボッとつっこんでいる子もいる。

その中で、他のヒナの背中に足をしっかと踏ん張って、大きな黒い瞳でこちらを見ているホワイトブルーボタンが一羽いた。これがピー太郎との出会いだった。

私はホワイトブルーボタンがお気に入りだったので、もし売り場にいたらその子に決めようと思ってはいたが、改良種なので数が非常に少ない。それなのにここで私のほうをじっと見つめているかわいらしいヒナがホワイトブルーボタンである、というのは偶然だろうか。いや、運命だ！　しかもとても元気だ。仲間に押しやられてろくに餌も食べられないヒナもいるが、この子は大丈夫そうだ。

運命を感じてしまった私にはもう怖いものはない。店員さんに声をかけた。

「すみません、このヒナが欲しいんですが」

「少々お待ちください」

店員氏はケースを開けた。

「この子、このホワイトブルーボタンです」

彼は大パニックのケースの中からピー太郎をすくいあげた。

「こちらでお支払いをどうぞ」

希少な種類なので、壱万円なり。ああ、今月のおこづかいが残り少ない、と思ったところではたと気づいた。ここはデパートである。

「あの」

レジの前で私は尋ねた。

「カード使えますか？」

後でこれを聞いた両親や友達は皆笑い転げ、鳥をカードで買ったやつと私をさんざん笑いものにしてくれたが、店員さんはさして驚いた風もなく、「一回払いでよろしいですか」とだけ質問して伝票を取り出した。

隣の犬のコーナーには何十万もする犬がいるのだから、ローンを組む人だっているかもしれない。カードくらい珍しくないだろう。

私は伝票にサインし、ヒナの入った「ふご」という藁《わら》の巣を抱いて、できる限り揺らさないようにして駐車場へ戻った。

車の中でそおーっとふたを開けてみると、さっきまでの元気はどこへやら、ヒナは隅っこで小さくなっている。

「怖くないよー。すぐにお家に着くからね」

いるのかいないのか、ふわふわの毛糸玉は、震えながらさらに隅へとふごにくっついた。

「大丈夫、今日から私がママだからね。よろしく、ピー太郎」

そして私はピー太郎と一緒に家へ向かった。

「ごはん、ごはん！」

大学三年の春休み。両親に内緒でインコのヒナを買ってきてしまった私は、かくれて子育てという難事業に一人で立ち向かった。

まず最大の難関は食事である。

ヒナにはむき餌という殻のないエサを、お湯でふやかして与えるのが一般的だが、すぐ冷えてしまう。お店などでよく、いかにもまずそうな冷えきった餌を、小さなヒナがついばんでいる。なんてかわいそうなことを！　と、憤りすら覚えるが、かくいうわが家では小さな金属製の鍋にむき餌と片栗粉、水、各少々を入れ、火で鍋をあぶってヒナ用おじやを作る。このむき餌も小鳥の病院の先生特製の黄身入りりで、栄養満点。とろーっとしたエサをピンセットで口の中に入れてやると、親鳥が口移しするごはんに一番近い状態なので、パクパクと、驚くほどよく食べる。冷たい、ぐちゃぐちゃのエサをつついているのとはえらい違いだ。

わが家のヒナたちは皆、この方法でたくさん食べ、元気に育っていった。

私はもちろんこの愛情ごはんをピー太郎に作ってあげるつもりだった。材料の入った鍋を手に、階段の手すりにつかまり、身を乗り出して下をのぞく。台所に人の気配はない。

今だ、チャンス！

階段を駆け下り、台所のコンロの火をつける。鍋をあぶると一分ほどでとろとろのぐつぐつ、おいしいおじやのできあがりだ。

階段を今度はかけ上がり、自分の部屋へ飛び込む。ぜーぜーと息をきらしながら、ピンセットで餌をつまみ、手の甲に乗せて温度をみる。人肌程度にして差し出すと、大きな口を開けて、おいしそうにピー太郎は食べた。うしろめたさも何もかもふっとんで、ただ、ただ、幸せな気持ちのひと時だ。こんなおいしいごはん、食べさせてもらったことないのだろう。うちに連れて来てよかった。ずっとずっとおいしいもの食べさせてあげるからね、かわいがって育てるからね。あらためて心に誓う。

こうしてなんとか一週間が過ぎた。毎日三度、誰もいない隙を見計らって餌を温め、どこへも出かけず、つきっきりで世話をした。ピー太郎もずいぶん慣れてきて、ふごの中から大きな瞳で私のほうを見つめる。好奇心旺盛な性格なのか、外の世界を見ようと首をのばしたりもするが、淡いブルーの背中が微《かす》かに震えている。私はベッドの陰に置いたふごをのぞき、ピー太郎に話しかけた。

その時だった。ベランダで洗濯物を干していた母が、ふと私の部屋をのぞき込むと「なんか変な声がするわよ」と入ってきたのだ。

そして母と私はピー太郎を挟んで凍りついた。

第三章
❋
ペットと家族、そして温かい人々

「あれだけいけないって言ったのに……」

母はかろうじてそれだけ言うと、ふごの中を見つめた。母とて鳥が嫌いなわけではない。どれだけ寂しく思い、欲しいと思っていただろう。

そんな私たちの思いをよそに、当のピー太郎は、自分が問題になっているとはつゆほども思っていない様子で、一週間たって慣れた私と、新しく登場した母とを見比べている。

「どうも何かこそこそと上がったり下りたりしてると思ってたのよ」

さすがは母親、やっぱり気づいていたか。

「自分で育てるからー」

「もう！　ママは知りませんからね」

例によって世の母親族お得意の「知りません」攻撃。しかし、「知らない」のなら別に今までと何も変わるわけでもない。「返してきなさい！」と頭ごなしに怒鳴られるよりよほどいい。ばれてしまった分、気が楽だし、これで餌を温めるのも楽になる。


そして、毎日ごはんの時間にはピー太郎も加わることになった。食卓の上に置物のように座って、私が鍋の中身をふーふー吹いているのを待ちながら、育ち盛りのヒナは「プー、プー」と鼻にかかったような催促の鳴き声を出す。それを眺めながら、母は聞いてきた。

「名前はなんていうの？」

「ピー太郎」

「えーっ、プー太郎じゃないのー？　なんかプープーいってるし、仕事もしないし」

「ピー太郎なのっ！」

と、しゃべりながらの私に、がまんしきれなくなったらしく、ピー太郎は鍋の中に首を突っ込んだ。

「あっ、ピーちゃん、あちちでしょ！」

しかし、すでにだいぶ冷めていた餌を、ピー太郎は鍋から直接はぐはぐと食べだした。

「こりゃー、元気だわ」

母も私も大笑いだ。何より元気が一番。病弱な小鳥はかわいそうだ。今までの経験でよくわかっている。

そして元気な、かわいいピー太郎は正式にわが家の一員となった。

第三章
＊
ペットと家族、そして温かい人々

いたずらっ子

うちの手乗りインコ、ピー太郎はとんでもないいたずらっ子。ママである私が甘やかしたせいもあるが、それにしてもずいぶん傍若無人だ。

彼女は茶目っ気のある大きな瞳のホワイトブルーボタンインコ。ヒナのとき「ピー太郎」と名付けたが、なんと女の子だった。大学生のとき親に内緒で買ってきて、こっそりと飼い始めたが、当然ばれて、その後、家族として正式に迎えられた。私が結婚するとき一緒についてきて、私の夫がパパとなった。

ピー太郎は鳥かごから出してもらって、外で一緒に遊ぶのが至上の喜びらしく、特に私たちがハウスと呼んでいるボール紙の箱がお気に入り。器用に紙をかじって細長い切れ端を作り、それをくわえて中へもぐっていく。四十センチ四方、深さ十センチほどの箱の中には、たくさんの紙屑《くず》が積み上げられている。雌の本能で巣を作っているのだ。

友達からの手紙、料理のレシピ、写真、家計簿、カレンダー、紙なら何でもかじってしまう。

鳥かごの中に「ふご」という藁製の巣を入れてあるのだが、どうしてもこの箱がいいらしい。かごから出してもらうとハウスへ直行する。

時々、その中の一枚をくわえて飛んできて、肩にとまり、私の頬に紙屑を押しつけるようにするので、「あら、ピーちゃん、見せにきたの。それ、いいねー」とほめると、満足げに「ちちっ」と鳴いてハウスへ戻っていく。

しかし、ピー太郎のコレクションは紙切れだけではなかった。自分の力で持って飛べるものなら何でも持っていってしまうのだ。

ハウスの中の紙屑の間には、リボン、キーホルダー、洗濯ばさみ、お箸、キャンディ等々。

特にキラキラ光るものが大好きで、母曰《いわ》く、「飼い主に似たのよ」

小さい子供と同じで目を離せば大変。さらに子供と違って、高いところに隠しても、翼があるので関係ない。

私のアクセサリーは、引き出しの中などにしまっておくが、たまにあいていると、ピー太郎がもぐりこんでしまう。しかも、ネックレスをキラキラとなびかせながら登場したりする。指輪も小さくて軽いのでよく持ってくる。細い金のチェーンでできた真珠の指輪は、真珠の舌触りが良くて気に入っているらしい。

しかし「こらっ」と怒鳴ったりして、びっくりした拍子に喉につまったら大変と、こちらも怒るに怒れない。

「ピーちゃあん、どーしたのかなー、それ。ママにくれるよねえ」

猫なで声ならぬ「鳥なで声」だ。

嘴の間からチェーンをたらし、真珠をもぐもぐしながらあとずさりするピー太郎から、何十分もかかって指輪を取り返した。

夫や母も、大事なものがないとまずハウスをのぞく。

そこで毎日のようにピー太郎が鳥かごに戻ってから、ハウス内の清掃と捜索が行われるようになった。

「あっ、俺のボールペン！」

「きのうメモした電話番号、ないと思った」

そのたびに、かごの中のピー太郎は、飛び跳ねながら、

「ピピッ！　ピー！」と抗議の声をあげる。

そのとき、紙屑の間でキラッと光るものがあった。

「あっっ！」

思わず息をのむ。出てきたのは私のエンゲージ・リング。プラチナの台に、石はもちろん本物のダイヤだ。

ピー太郎が、このときばかりはいやというほどおしおきされたのは言うまでもない。

小鳥の病院・前編

東京、田園調布。大きな家が並ぶ中に、細い、細い路地が一本。その奥に小さな、かわいらしい家が建っている。

路地の入り口に掲げられた青い看板の「ことりのびょういん」の文字の周りを、木の枝にとまった小鳥たちの絵が囲む。

ここは小鳥たちの駆け込み寺。小さな待合室には鳥と人とがあふれている。

昭和三十七年、ここに小鳥の病院が誕生した。獣医の高橋達志郎先生は若いころ、診察中に狂犬病の疑いのある犬に噛まれた。そのとき打ったワクチンのせいで足が不自由になってしまったのだそうだ。その後たくさんの小鳥たちに心をなぐさめられたのをきっかけに研究を続け、小鳥専門の病院を開くに至ったという。

大きな犬の診察は無理でも、小鳥なら座ったまま診られるのも理由の一つだった。

診察に対する先生の真剣な姿勢が評判となり、近隣はもちろん、日本全国から「患鳥」たちが訪れるようになった。決して誇張ではない。診察室の壁は一面作りつけの棚になっており、ここには北海道から九州まで、患鳥の飼い主の住所によって各地域に分けられた

第三章

❇

ペットと家族、そして温かい人々

カルテがぎっしり詰まっている。

私が初めて小鳥の病院を訪れたのは小学生のとき、今から二十年近くも前だ。飼っていた手のりインコを連れて、母に連れられて。

そのときは先生が怖かった。とても真剣な目と、動きの制限されたお体のため、テーブルの向こうから斜めにギロッとこちらを見られたのが怖いお顔に見えたのだろう。

しかし、何回か通ううちに、次第に先生の優しい心に気づくようになった。

通うといっても病気ばかりとは限らない。鳥は定期的に嘴や爪を切ってやらないと、けがをしてしまう。それより前に、まず手のりインコの場合、嘴や爪が伸びていてはこちらが痛い。飼い主もけがをしてしまう。うちの鳥たちは主にこの爪カットのためによくおじゃましたが、他にもいろいろやらかした。

カゼをひいたり、産後の肥立ちが悪かったり、骨折して飛び込んだり、等々。

ピッチもピコもピー太郎も、皆、小鳥の病院のお世話になった。

診察室と待合室の間には仕切りはなく、ここのベンチには、毎日多種多様な鳥の入ったカゴを抱えた人たちがずらりと並ぶ。自分の家の鳥が一番、と皆思っていても、そこは鳥好きの人たちが集まっているわけだから、よその鳥にも目がいく。

「あら、かわいい」

「きれいですね、なんて種類ですか？」

大抵はそんな言葉から始まってすぐに仲よくなり、会話がはずむ。

「どこが悪いんですか」

「あらまあ、痛そう。かわいそうに」

と自分の鳥のことのように心配してくれる優しい人が、ここの病院には多かった。

小さくても内科、外科、小児科、皮膚科、産婦人科、すべてを兼ねている総合病院なのだから、患鳥の症状も様々だ。

人間や犬、猫と違って哺乳類ではないので、臓器などもずいぶん違うのだが、肥満、便秘といった私たちにありがちな理由で通院する鳥もいる。

中には食欲がないと説明した後に、

「先生、うちの子、ガンなんでしょうか」

と、涙を流さんばかりの飼い主がいたり。

患鳥は飼われている鳥ばかりとは限らない。

「急患ですっ」

という声とともに連れてこられたのは、猫に襲われた鳩やスズメだったりもした。写真でしか見たことのなかったカワセミの鮮やかな青色に、皆で見とれたときもあった。

高橋先生はこういった野鳥の治療代は、請求しない方針だ。ただ一つ条件がある。治ったら必ず自然に返すこと。ペットとして育てられた種類はまた別だが、鳥は大空を飛ぶものだから。

そんな鳥たちを見つめる先生の目は怖いほどに真剣で、しんと静まり返った中に鳥の声が響く。

しかしそんな緊張をほぐそうとしてか、先生は時々茶目っ気のある一面を見せる。

「ある九官鳥の話だけどね、飼い主のお婆ちゃんが帰ってきた足音に気づいて『お婆ちゃんでしょ』っていつも言うんだって」

と先生はまじめな顔で話し出す。

「そこで毎回『はいはい』って返事をして家に入るんだけど、言わなかったらどうなるかと思ってある日黙っててみたらね、『お婆ちゃんでしょ』って何回か繰り返したあとに『くそばばあ』って叫んだってさ」

診察室は笑いの渦に巻き込まれ、鳥たちも含めて皆の気持ちをやわらげた。

そんな高橋先生との交流の話は、また後編で続けていきたい。

小鳥の病院・後編

小鳥の病院は、鳥好きの間では有名で、小さな診察室はいつも満員。細い路地の奥なので、駅から近いわりに迷っている人がいるが、目印は「ことりのびょういん」と書かれた青い看板だ。

獣医の高橋先生は、若いころ足を不自由にされたのをきっかけに、病院を開いて三十年以上。その経験と知識、深い研究と真剣な診察、そしてユーモアと、どれをとっても右に出るもののないその道の権威である。

また、絵の才能もおありで、著書の挿し絵は先生ご自身の手によるものだ。診察室や待合室の壁にも何枚か飾られている。

小学生のときから鳥を飼っている私は十数年来の顔馴染みで、先生もよく覚えていてくださる。骨折したピッチを抱いて、病院まで全力疾走したり。火傷《やけど》したピー太郎をつれて通院したり。飼い主の私の名前で作られたカルテはどんどん厚くなっていった。先生が描いた鳥の絵のキーホルダーを頂いたこともあり、鳥かごにつるしてお守りにした。

先生はずっと車椅子生活だが、自動車の運転もなさり、とても活動的だ。お散歩の途中、何度かお会いして、おしゃべりしたこともあった。

第三章

❇

ペットと家族、そして温かい人々

あるとき、先生がわが家の垣根のバラに見とれているのに気づいた。

「見事なバラですねえ。とてもきれいだ」

そうおっしゃるので庭の中にお誘いして、ティータイムとなった。ピー太郎もかごに入れて連れてきて、一緒に写真を撮ったりと楽しいひとときだった。

私が結婚のご報告に伺ったときは、ご夫婦揃ってわがことのように喜んでくださり、後日、可愛い小鳥の柄のペア・マグカップと、絵のお上手な先生のデザインで、奥様が刺《し》繍《しゅう》をしてくださったTシャツを頂いた。

そんなある日のこと、小鳥の病院の入り口に、「院長、急病のため、休診します」という紙が貼り出された。私たちはびっくりしたものの、一か月ほどたつと、病院は、何事もなかったかのように再開された。

「ええ、ちょっとね、具合が悪くて手術したんですよ」

と、笑う先生の顔にほっとした。しかし後でお聞きしたところによると、このとき、先生はガンに冒されていらしたのだ。若いころはスポーツマンだったという立派な体格で、足以外不自由なところもなかったのに。

その後、時々、小鳥の病院は休診になった。

そして平成六年の秋、高橋先生は帰らぬ人となった。まだ六十代、早すぎる死だった。

先生のご葬儀は、カトリック田園調布教会で行われ、そのお人柄の現れか、大きな聖堂は人で埋まっていた。祭壇の前に掲げられた遺影は、手にしたインコを優しい目で見つめている診療中のもので、今にも「これは腸の病気だね。薬を出しとくから」などとこちらを向いて話しそうな、そんなお写真だった。

その先生のお顔もかすんで見えないほど、私は涙が止まらなかった。

「神様、あんなに優しくて立派な先生を、なぜこれほど早くお召しになるのですか」

先生一人がいらっしゃれば、どれだけたくさんの小鳥たちが救われるだろう。先生がいなかったらうちの子はどうしたらいいんです？　病気になったとき、誰が助けてくれるんです？　私は今にも叫びだしそうだった。

ご葬儀からしばらくたって、道でばったり先生の奥様にお会いした。涙をこらえきれずにいる奥様に、なぐさめの言葉もみつからず、私もまた、泣いていた。

そのとき、先生のお弟子さんが出張診察をし、小鳥の病院を続けていくと伺った。

「これで看板をおろさずにすみます」

そう言って、やっと少し笑みを浮かべられた奥様のためにも、小鳥たちのためにも私はほっとした。


そして小鳥の病院に新しい先生が登場した。口ひげをたくわえた穏やかな広瀬先生は、横浜で動物病院を開業するかたわら、週に二回、田園調布の小鳥の病院に通うのだそうだ。高橋先生と血のつながりはないのだが、なぜかお顔が似ている。

「そうなの、皆さん、そうおっしゃるのよ。主人が戻ってきたみたいだって」

奥様はそう言って久しぶりに笑顔を見せた。

そして今もかわいい青い看板は路地の入り口に掲げられている。

「ことりのびょういん」

※平成二十九年現在、小鳥の病院は、週に二回診察を続けてくださっています。
曜日や時間等はよくご確認ください。

また、看板は現在は違う色に変わっています。

物真似

物真似をする動物はたくさんいるが、代表格はやはり鳥。中でもオウムやインコ、九官鳥はよくおしゃべりをし、私たちを楽しませてくれる。

頻繁に聞く音を覚えてしまい、真似するのがオウム類の習性なので、「オハヨウ」「ピーちゃん」などとしゃべるというのが一番多いが、珍しいケースもある。

逃げてしまった鳥が自分の名前と住所とを言えたために飼い主のもとへ帰れた、とか。宅配便のふりをしてやってきた泥棒に「はあい、ちょっと待ってください」と鳥が答えたので空き巣に入られずにすんだとか。ちょっと眉唾《まゆつば》ものだが、いろいろな話があるものだ。

テレビの動物番組には、九九を暗唱する鳥やら、百人一首を詠む鳥までが出演している。

私の従妹が飼っていたインコは、隣の家に犬がいたおかげで、人が入っていくと「ワンワンワンワンワンワン」。甲高い、早口の鳴き真似は、「いったいどんな種類の犬なんだろう」と、お客さまをびっくりさせていた。

そして、びっくりというより大迷惑な物真似を始めたのが、わが家のボタンインコ、

第三章

❊

ペットと家族、そして温かい人々

ピー太郎。鮮やかな美しい色合いが特徴のボタンインコは、セキセイインコより少し丸みを帯びた体型に大きな目がチャームポイントだ。あまりおしゃべりをしないといわれる種類の鳥だが、それでも「ピーちゃん」くらいは言えるようになり、皆に「お利口ねー」とほめられて得意そうな顔をしていた。

そんなある日、電話に出ようとふと手を伸ばすと、電話のランプは点滅していなかったのでびっくり。なんと、ピー太郎が電話の音を真似していたのだ。

「ティリリリリリ……」

高くて細い、よく通る声は電話の呼び出し音そのもの。間の取り方も絶妙で、なかなか本物との区別がつかない。しかも最近では珍しくもないが、その当時わが家は、電話機をコードレスに変えたばかり。移動の可能な子機なので、誰かが子機を動かしたのかと走って行ってみれば、ピー太郎がすました顔をしていたり……。それからしばらく母と私は、鳴ってもいない電話をとろうと階段を駆け下りるやら、トイレから飛び出すやら、さんざん振り回されてしまった。

何か月かたつうちに、だんだん私たちも慣れてきて、冷静に音を聞き分けられるようになり、混乱はなくなっていった。

そして、電話の物真似は「ピー太郎が電話している」と呼ばれるようになり、

「ん？　鳴ってる？」

「ううん、ピー太郎が電話してんの」

という妙な会話をしながら鳥かごのほうを透かし見ると、ピー太郎がとまり木に足を踏ん張り、背を低くして、

「ティリリリリ……」

と鳴いているのが見えるのだった。

そんなお茶目なピー太郎は、一昨年、不慮の事故で死んでしまった。泣いても泣いても泣ききれない日々を、今はピー太郎が天国から電話してくるのを待って過ごしている。

るりちゃん

駅から続く商店街のはずれ、なだらかな坂を下ると小さな呉服店がある。私がその店の前で立ち止まるのには、買い物ではない理由があった。

それはいつも入り口にいるオウムのためだ。体長二十五センチはありそうな、大きな緑色のオウムは、六十センチ四方くらいのかごの中で、うとうとしている。

「おはよう」と声をかけると、「おはよう」と答えたり、ぐちゅぐちゅと意味不明の言葉をつぶやく。

私の家は駅を挟んで反対側の住宅街。小さいころ、よく駅向こうの病院を訪れた。帰りに買ってもらうケーキが楽しみだったのだが、病院からケーキ屋さんへの道筋にあるのが、この呉服店だった。そのころからいつも店先にいるのだから相当長生きだ。いったい何歳なのだろうか。

長年の疑問を解決するべく、ある日、店の戸が開いていたのに意を決して、お店の人に声をかけた。

「かわいいですねえ、この子。何歳くらいなんですか？」

「はあ、私が知っているだけでも三十八年おります」

おかみさんらしい年配の女性の言葉に、耳を疑った。それでは私より年上ではないか。茫然としながら尋ねた。

「お名前は、なんていうんですか？」

「るりです」

「そう、るりちゃんていうの」

私はオウムに話しかけた。

「とっても長生きさんね。大事にしていただいてるのね」

るりちゃんはこちらを向いて、「あああ」と言うと、ひまわりの種をついばんだ。

帰る道すがら考えた。もう私も三十路《みそじ》なのだから、るりちゃんも三十歳くらいになっていてもおかしくはない。あのおかみさんは、三十八年前に嫁いできたけれど、そのときはいましたよ、というような意味で言ったのだろうか。

狭いかごの中で、四十年近くも、何を想いながら通りを眺めてきたのだろう。外へ出て、自由に飛びたいと思ったことはなかっただろうか。

家に帰り着いて、すぐ母のところへ行った。

「ねえねえ、駅向こうのオウムね、三十八年以上も生きてるんだって」

「ええー、オウムってそんなに長生きなの？」

「だって、私が幼稚園のときからいるよ」

第三章

❊

ペットと家族、そして温かい人々

「そうねえ、いたわね」

うちでは小型のインコしか飼ったことがなかったので、母と二人で首をかしげるしかなかった。

そして、また、私は商店街を歩くたびに鳥かごの前で立ち止まる。

るりちゃんは、よく声をかける私を覚えているらしく、よちよちと寄ってきてこちらへ頭を差し出した。首を傾け、かごに頭をぎゅっとおしつける。

「るりちゃん、元気?」

長年鳥を飼っていた私にはすぐに見当がついた。

頭を掻《か》いてほしいのだ。鳥は頭から首のうしろをこすってもらうのが好きだ。かごの隙間から指を入れて掻いてあげると、るりちゃんは気持ちよさそうに目をつぶり、ほわあとあくびをする。

その姿に、かわいがっていたインコの姿がだぶる。天国に行ってしまったあの子も、よく私の指に頭をこすりつけ、催促していたなあ。

目に涙を浮かべながら、オウムの頭を掻いている私は、通る人の目には、さぞ変な風に映るだろうなと思いつつ、なかなかその場を離れられなかった。

カナリア

「庭にね、カナリアみたいなのがいるのよっ！」

電話口で興奮しているのはうちの母である。

「なんで庭にカナリアがいるのよ。だいたい私にどうしろっていうの？」

「あんたがいればねえ。網とか帽子とかでぱっと捕まえられると思うんだけど……」

どうせスズメの子か何かを間違えているのだろう。第一ここはニューヨークだ。母が言う「なんとなく黄色っぽい鳥」を捕まえに行くことはできない。国際電話でひとしきりぐちるのをなだめ、受話器を置いた。

私は義妹の結婚式に参列するため、その後数日アメリカに滞在し、帰るころには「カナリア」のことはすっかり忘れていた。

ところが、帰国した私を迎えたのは母だけではなかった。二世帯住宅なので、荷物を置いてすぐ親世帯をのぞきに行くと、

「トゥルルルルル……」

鳥かごの中で鳴いているのはまぎれもないカナリア。

「えーっ、ホントにいたのぉーっ？」

第三章
❊
ペットと家族、そして温かい人々

びっくりする私に、
「そうよー、もう大変だったんだからー」
という母の話は次のようなものだった。

数日前、庭をぴょこぴょこととんで歩いて「トゥルルル、トゥルル……」と鳴いている小鳥に気づき、一生懸命追いかけたがすばしっこくて捕まらない。どう見ても野生の鳥には見えないし、と母は困ってしまった。逃げた飼い鳥は、自分で餌をとるすべを知らないので、あっという間に死んでしまう。しかもその日の夜は激しい雨が降った。

ああ、もうだめだろう、かわいそうに、と考えていると、翌日、またその小鳥が庭にやってきた。

今度こそ捕まえなければ、とザルを手に近づく母の前に現れたのは、近所ではなじみののら猫ミミイ。

玄関の石段で「トゥルル？」と小首をかしげる小鳥を、ミミイはぱっと押さえつけた。母は悲鳴をあげて猫を追い払い、小鳥を救い出した。

ああ、なんてこと。もう少し早く捕まえていれば、と思いながらよく眺めてみると、鳥は生きているし、目立った外傷もない。

小鳥の病院に駆け込むと、やはりカナリアだという。けがはないようだが念のため、と処方された抗生剤をのませ、古い鳥かごを出してきて入れたということだった。

以前インコを飼っていたので、小鳥用品一式は揃っている。うちに飛び込んできたのがこの子には幸いだったのだろう。淡い黄色の小さな体に黒い瞳。かわいらしく首をかしげ、上品に餌をついばむ。

トゥルル、トゥルルとさえずり、時々ピーッともチューンッともつかぬ声を出す。

「そうだ、先生がレタスか小松菜をやってくださいって言ってたわ」

母が冷蔵庫からレタスを出して鳥かごの端から差し入れてやると、すぐに寄ってきてかぶりつき、しゃりしゃりと食べ始めた。きっと誰かにかわいがられていたのだろう。

わが家でも鳥が逃げてしまったことがあるので、飼い主の気持ちを考えるといたたまれない。早速交番に届け、回覧板にも載せた。

「あんた一体どこから来たの？」

足に細い輪っかをつけているが、これは小鳥屋でつけるもので、生まれた年を記してあるだけ。住所の手がかりではない。

「こっちおいでよー」

手を出してみるが、臆病なのか慣れていないせいなのか、こちらがちょっとでも体や手を動かすと、ものすごい勢いでばたばたと飛び回る。以前飼っていた、好奇心の固まりのようなインコとはずいぶん勝手が違う。

第三章

❇

ペットと家族、そして温かい人々

「愛想がないわねー」

「まだこわいのよ、しょうがないじゃない。ヒナから育てた手のりインコとは違うわよ」

「でも、かわいげがない」

鳥にすり寄られることに慣れている私は、ひたすら不満を主張した。

しかし、母はかわいくなってしまったら手放すのがつらい、と名前もつけない。皆、ピーちゃんだのカナぴーだのと好き勝手に呼んでいる。

カナリアがやってくるのは、幸運が舞い込むという意味があるそうだが、一体どんな幸運なのだろう。家族揃って、幸運と、飼い主からの連絡を待っているが、まだ何も来ない。

とりあえず変わったことは、毎日餌をねだりに来ていたミミイが、カナリア捕獲現場を押さえられ、さんざん怒られた挙げ句に郵便屋さんにまで追い払われたとかで、めっきり姿を現さなくなった。

丸ビルの味

大学を卒業して就職したのは、丸の内にある会社だった。初めての仕事に一生懸命になり、たくさんの友達と遊び、そして夫と出会った。彼も含めて何人かでランチをしたり、待ち合わせをしたり、と便利だったのが丸ビル。

大正時代に建てられた、由緒ある堂々とした建物は、階段は広く、カーブを描き、大理石が使われるなど、とても贅沢でありながら上品だった。ドラマの撮影にも使われていた。しかし一九九九年、地震に耐えられないことを理由に解体された。

その丸ビルで私が忘れられない味が、二階の「ロンドン・コーヒーハウス」という小さなティールームのトーストサンドだ。

紅茶の会社ブルックボンドが経営するその店は紅茶が実においしく、トーストサンドと紅茶のセットは大人気で、お昼はいつも長蛇の列ができていた。ツナ、ジャム、タラコなど六種類あるうち、私が注文するのはいつもタラコサンド。ほかほかのトーストから、挟んであるタラコと卵がとろーっと出てきて、さりげなく挟んである海苔《のり》の味が和を感じさせる逸品だった。

お昼の店内はまさに戦場だが、お店はいつも三十代くらいの、たぶんご兄弟なのだろう、よく似ている男性二人が切り盛りしていた。お兄さんらしい人がカウンターの中で黙々とサンドイッチを作り、もう一人が湯気のたつ大きなサンドイッチを盛ったお皿を器用にいくつも抱え、「お待ちどおさま、はいタラコの方」と目の前に置いてくれる。お皿から漂ってくる香ばしい匂いは忘れがたい。

ああ、あのサンドイッチがまた食べたいなあ、と思っていたある日、私は会社帰りに丸の内から銀座のほうへぶらぶらと歩いていた。そのとき、目の前のビルの一階に「ブルックボンド」の文字を見つけた。

あのお店だろうか。たしか銀座一丁目に移転すると言っていた。名前はただブルックボンドのティールームとなっているが……。

私は入り口から中をそーっとのぞいた。

すると、いつもの二人のうち、お兄さんのほうがカウンターの中に立っているではないか。私は中へ入り、カウンターのそばの席に座った。

今日は夫は夕食はいらないと言って家を出た。そうだ、あのサンドイッチを食べて帰ろう！　そう思った瞬間、なんだかちょっとわくわくしてきた。

しかし、メニューには載っていない。

見知らぬウェイターがにこやかにオーダーをとりに来た。

この人、あのサンドイッチを知ってるかな。少し不安に思いつつ尋ねてみる。

「トーストサンドありませんか？」

ウェイターが怪訝《けげん》そうな顔をしたとき、カウンターの中の人影がふり向いた。私は続けた。

「あの、丸ビルでやっていた時の」

すると、「お兄さん」は残念そうに笑った。

「あれ、こっちに来てからやらなくなっちゃったんですよ」

「ええー、大好きだったのに……」

「丸ビルの店にいらしてくださっていた方ですか」

「はい」

結局私はミルクティーとスコーンを頼んだ。もうあの味には会えないのか。そう思いながらもあきらめきれなかった。

夕方遅い店内にはお客さんはほとんどいない。カウンターの中で「お兄さん」はお茶をいれ終わって、特にすることはなさそうだ。私はもう一度声をかけた。

「すみません。もしよろしければ、あのタラコサンドの作り方を教えていただけますか？」

「いいですよ」と彼は笑って言った。

「タラコの缶詰を使うんです」

第三章

❋

ペットと家族、そして温かい人々

「タラコのカンヅメ？」

それは私には初耳だったが、彼は奥から実物を持ってきて、明治屋で売っていること、その中身をよくほぐして、刻んだゆで卵と千切りレタスと一緒にマヨネーズで和えることを教えてくれた。

「間に挟む海苔がポイントでしたよね」

「ああ、そう、そうでしたね。なんかお客さんから教えてもらうなんて……」

と彼は笑い出した。

おいしいお茶を楽しみながら、丸ビルのころの思い出話をした。そして驚いたことに、お二人は兄弟ではなかったと判明した。私の思いこみだったのだ。

しばらくして、帰ろうと立ち上がった私に、彼はタラコの缶詰を差し出した。

寒い冬の夜だったが、心がほかほかして、足元まで温かくなる気がした。

翌日の土曜日のブランチは、きのう教えてもらったとおりに作ったタラコサンド。懐かしい丸ビルの味だった。

カサゴ

土曜日の夕方、インターフォンが鳴り、現れたのは夫の同期、T君。釣りに行ったから、これ食べてと水を張ったバケツに魚を移しながら、「キスは天ぷら、カサゴはやっぱり煮つけかな」と言う。夫はあいにく外出しているが、少し待てば帰って来るだろう。寄っていけばと言ったが、T君は急ぐからと帰って行った。

バケツをのぞき込むと、キスが五匹は死んでいるが、なんとカサゴが一匹、生きている。

「うそでしょー」。呆然とつぶやく。

時間がたてば死んでくれるかもしれないとしばらく待ってみたが、だめだ。仕方なく、二世帯住宅の親世帯をのぞきに行くと母は寝ていた。事情を説明する私に、

「私、熱があるのよ。今日はパパはご飯いらないの。寝ているんだからいやよ」

「だってどうしたらいいかわかんないよー」

「包丁の背で頭をたたけば死ぬわよ」

「えー、ママやってよー」

「自分でやんなさい」

母は向こうを向いて寝てしまった。私はすごすごと自分のキッチンへ戻る。

第三章

❋

ペットと家族、そして温かい人々

バケツの中のカサゴ氏はじっとしていた。近寄って眺めると鰓のあたりが微かに動いている。瀕死の状態なのかもしれない。よし、それならと意を決して手をのばすと、ものすごい勢いで水しぶきがあがった。一体どこにそんな力が残っていたものか、カサゴはそこら中に水をはね散らかしながら、私の手を逃れようとする。が、次第に力がつきてきたのか、だんだん動きがにぶくなる。私はやっとのことでカサゴをつかまえると、まな板の上にのせた。

「ごめんね、ごめんね」

つぶやきながら包丁をかまえる。その時、カサゴと目があった。

だめだ。

私はカサゴをバケツに戻した。苦しいだろうか、それとも少しでも長く泳いでいられるほうがうれしいだろうか。

バケツに少し塩を落として塩水にする。海に帰った気分になれるかな。このまま飼ってやれるほど、かさごに体力が残っていないのはなんとなくわかっているのに。

小学生のころ、母と伊勢へ行った。父のお土産に買った伊勢エビが、帰ってきても生きているのを見て、「殺しちゃいやだ、うちで飼う」と母を困らせたのを思い出す。

もう九時だ。いったい夫は何をしているのだろう。私がこんな思いをしてるのに。だいたいT君だって帰る前に始末してくれればいいじゃない。

カサゴを煮つけるのはあきらめてキスをさばき、天ぷらの用意をするのも面倒なので、さっとバター焼きにした。レモンとしょうゆをかけると、良い匂いがただよう。

ご飯をよそい、キスをおかずに一人もくもくと晩ご飯。新鮮なだけあって味は絶品。

結局、夫は十一時過ぎに帰宅した。私は走って迎えに出る。

「お願い、殺して」

「え？」

彼の手を引っぱり、キッチンへ行くと、カサゴはすでにお亡くなりになっていた。

「君はね、一番かわいそうな殺し方をしたんだよ」

むっとするが、彼の言葉にも一理ある。一撃で、苦しませないように殺してやるのがいいのはわかっているが、できないものはできないのだ。百獣の王ライオンは獲物をしとめるとき、一撃でとどめをさし、決してもて遊ぶことはしないという。

私は王者ではないので、そんな勇気と決断力はない。動物を殺すのはかわいそうだから肉は食べるべきではない、などときれいごとを言うつもりもない、肉も魚も大好きだし、大事なタンパク源だと思っている。ただ、勝手なもので、自分で手を下さなければいけないのなら、食べないほうがいいかな、と思うのである。

目の前に出てくるステーキだって、誰かに殺されているわけなんだけど。都合のよい人間だな。

母からのご褒美

小学校五年生の夏の終わり。空が高くなってきて、そろそろ秋の気配が漂い始めたころだった。母からもっと太りなさいといわれた。

なぜそんな話になったのかよく覚えていない。小さいころから私は体が弱く、よく風邪をひいた。身長は標準で、背の順に並ぶといつもクラスの真ん中だったが、体重は標準よりかなり少なかった。

母は心配して、薄着をさせたり、スイミングスクールに通わせたりしたが、要は日陰のもやしのようにひょろひょろとしているのがよくない、と思ったらしい。

「お誕生日までに体重が三十キロになったら五百円あげる」

五百円、それは私にとっては魔法の言葉。

何よりも欲しい岩波少年文庫が一冊買える金額だから。

岩波少年文庫は、根強い人気の子供向けの文庫で、現在でも美しい装丁で出版されているが、当時はカバーがなく、表紙も白黒だった。『不思議の国のアリス』、『くまのプーさん』、『ムギと王様』など、児童文学の古典が網羅されたシリーズで、一冊が四百円から五百円。ランサムにエイキン、トールキンなど、今も愛する作家の本に出会えたのもこの文庫のおかげだ。

読書が何よりも好きな私にとって五百円イコールこの本が買える、という方程式が成り立つのだ。テストの点が良かったときも、お掃除のお手伝いをしたときも、母からのご褒美はいつも五百円。

子供に現金なんて、と思われるかもしれないが、私がそのお金で本しか買わず、お菓子やおもちゃに使うことはないのを母は知っていたので、わざわざ図書券を買って渡すという手間をかけることはしなかった。

このときも、本欲しさに「うん、絶対三十キロになる」、そう約束した。

誕生日までまだ一か月以上あるではないか。四キロくらいなら太れそうだ。

その日から、体重増加をめざして、がんばりはじめた。いや、本当にめざしていたのは岩波少年文庫だったかもしれない。でも、ご飯もいつもより余分に食べたし、嫌いなにんじんも残さなかった。

お風呂の後にわくわくしながら体重計に乗り、「あ、少し増えた」「今日はだめだ、増えてない」と一喜一憂。そして時々本屋さんに行っては棚を見上げて、「ああ、今度はどれにしようかなあ」と、とらぬ狸の皮算用。

こうして一週間すぎ、二週間たち、努力は続いた。が、Xデーまで二週間を切ったところで私は焦り始めた。まだ二キロほど足りないのだ。タイムリミットまであと数日というところまできて、条件の改定を求めた。

「洋服、着たままはかるのでもいい？」

母は了承してくれた。これで、目標数値が少し下がることにはなったが、数日では、所詮無理だった。

約束のお誕生日当日、寒くもないのに私はセーターを二枚着て、こっそりポケットにみかんをつめた。体重計に乗り、祈る思いで目盛を見つめたが、針は無情にも二十九の近くで止まっていた。

がっかりして自分の部屋へ戻り、しばらくすると母がやって来た。「はい」と五百円札を渡してくれる。

「三十キロになったらっていう約束だったけど、よくがんばったから、これはご褒美」

セーターを二枚も着て顔を赤くしている娘を見て、きっと、笑い出したい思いだったことだろう。

そんな母親の心をよそに、ぺしゃんこになっていた私は一気に舞い上がり、本屋さんへとんでいった。

なすとかぼちゃ

「なすとかぼちゃの喧嘩で〜ござる〜」

母方の祖母がよく歌っていた歌だ。夏になると、なすやかぼちゃを見ると、祖母の顔がうかぶ。

私が小学校にあがる少し前、土地を二つに区切って家を新築した。残った半分は空き地のままになっており、園芸好きの父が次々と野菜を植えたため、都会の住宅街の中に突如現れた畑のようだった。

トマト、きゅうり、なすのように定番のものから、とうもろこし、さやえんどう、サラダ菜など。大根はやはり素人が育てたためかあまり大きくはならず、

「あれ、小根や」

と困ったように笑っていた父の顔を今でも思い出す。

さらに困りものはつる性のスイカとかぼちゃだった。からみあい、少し剪定しようにもどちらがどちらのつるやら、どこからつながっているのやらわからない。実がなるころになると、子供の私にもやっとわかった。ミニサイズのスイカがだんだん大きくなって、縞模様が濃くなっていく。おいしそうだなぁとわくわくしながら眺めていた。かぼちゃも小

さな実がつき元気に畑じゅうを這い回り、なすの苗にせまっていた。

祖母は上野の家から時々訪ねてきてくれた。郊外の私鉄沿線のわが家まで電車で一時間近く。乗り換えはないが、短い距離ではない。でも粋に着物を着こなし、髪を結い、洋装のときもレースのボレロなどあしらって、いつもおしゃれを忘れず元気な、私の大好きな「上野のおばあちゃん」だった。

十三人もいる従兄弟たちの中で、一番年下の私を特にかわいがってくれたように思う。おいなりさんやかんぴょう巻き、浅草名物の「うずらの卵」というカステラ菓子など、いつもおいしいおみやげをたくさん提げ、「ああ、ここに来ると空気が違うねえ」と言いながら駅から歩いてきた。ちゃきちゃきの江戸っ子で、下町暮らしを愛していた祖母も、最近は高速道路ができて排気ガスがすごくてねえ、と嘆いていた。

晩ご飯のできるまで、私もよく台所で母と祖母にくっついて、会話に参加している気になっていた。料理をしていた母が「お母さん、なすとかぼちゃの喧嘩でござる、っていうのあったでしょう。あれ、どういうんだっけ」と言うと、祖母は冒頭の歌を口ずさんでくれた。なすはなんとかなんとかで……と続くのだが、もちろん六、七歳の子供だった私は覚えていないし、書き留めておくわけもない。てんぷらだろうか、台所にはなすとかぼちゃがあった気がする。隣の畑でかぼちゃがなすにからみそうで、なんて話もしたっけ。

その後、私がずいぶん大きくなってから母と「なすとかぼちゃの喧嘩」の歌について何度か話した。

「おばあちゃん、よく歌っていたよねえ」

「今のうちに歌詞を聞いておきたいね」

と、その次に祖母が来たときに聞いてみたのだが、祖母も「そうだねえ、なんだったかねえ」と覚えていない。

ああ、記憶がもっとはっきりしているうちに聞いておくのだった、と母とずいぶん後悔したものだ。

祖母は私が就職した年に八十七歳で亡くなった。結婚するまで元気でいてくれるって言っていたのにとずいぶん泣いた。

今、当時の祖母によく似た容貌になった母は八十歳。やはり年相応に物忘れがひどい。

「この間あれだけ説明したでしょ！」ということでも「そうだっけ？」「聞いてない」との答えに、毎度私は気が狂う。

昭和一桁の母、大正生まれの父。聞いておかなければいけないことはたくさんあるし、聞いておきたいこともたくさんある。料理のレシピも戦争中のことも聞いてみたい。でもまだ小学校低学年の子供たちをかかえ、家事で精一杯でなかなか時間的にも精神的にも余裕がない。

ここ数年でめっきり老けた母は、「出かけるけど、買ってくるものある？」と聞くと、

第三章

❊

ペットと家族、そして温かい人々

決まったように「おいしいもの」と答える。人間やはり究極は食欲かな、と考えつつ、母の好きそうな和菓子やお惣菜をみつくろって帰る。

最近では足も弱っていてほとんど料理もしない。お惣菜やレトルトなどで食事は済ませているようだ。それもまたあんまりと思うので、時々食事を作っては届けたり、わが家に呼んできて一緒に食べたりしている。

私の揚げたてんぷらを「おいしい、おいしい」とうれしそうに食べる母を見ていると、また思うのだ。上野のおばあちゃんに歌の続きを聞いてみたいな、と。

元気になった、かな？

産後二か月ほどたったころ、顔を仰向けにできなくなってしまった。母乳をあげるとき、うつむいていたのが原因らしい。

赤ちゃんを抱っこするだけでも肩がこるのに、首まで痛いわで、にっちもさっちもいかず、母のすすめで鍼《はり》治療に行くことにした。

原宿駅から記憶をたどりながら十分ほど歩く。昔、母のお供で歩いたころがよみがえる。中学生の私は帰りに竹下通りに行くのが楽しみだった。

先生はあのころとちっとも変わっていないように見えた。もう二十年くらい前なのに。

「あら大きくなったねえ。お母さんになったんだって？」と低い柔らかい声で迎えてくれる。

マンションの一室の鍼療所の中はカーテンで仕切られた個室が七つ。それぞれにベッドがあり、その上に横たわるとまな板の上の鯉。

着替えて助手の先生に「うがいができないんです」と告げ、待っていると先生が現れた。

「はい、うつ伏せになって。まず背中から」

と細い筒に銀の鍼を入れ、とんとんとリズミカルに背中や首、腰に鍼を打っていく。まさにこれがツボなのだろう。痛みはまったくない。

「はい、ではこれでしばらくお休みください」

と言われ、針山のような状態でぼけーっとしていると、眠気がさしてきた。腰のあたりにハロゲンヒーターをあてているので暖かい。

しばらくして今度は仰向けになってお腹のあたりに鍼を打ち、最後に首と肩で終わり。トータルで一時間くらいだ。

お会計は五千五百円。保険はきかない。

こちんこちんだった首はうそのように楽になり、ほぼ真上も見られるようになった。

「まあ、一回だけじゃ完全には無理だから、しばらく続けていらっしゃい。お母さん近くにいるんでしょう？　赤ちゃん預けてさ。もう、めろめろなんじゃない？」

母をよく知る先生は笑いながら言った。

こうして私の鍼通いが始まった。首が治っても乳児がいては肩こり、腰痛は治らない。母乳がよく出るようにという目的もあった。背中にツボがあるらしい。夫に子供を見てもらい、土曜日に通うのが習慣になった。

小さいころから知っている私を、先生は子供のように感じるのか、治療だけでなく、いつも親身になってアドバイスしてくれた。

ところがさらにひと月くらいたったころから、月に一度、ひどい時は二度も下痢をするようになった。検査しても悪いところはなく、内科の先生は「神経よ」をくり返す。たしかに対人関係等々、子供のことに限らず、あらゆることに過敏になっていた。

「気にしてないつもりなんだけどなあ」

「それが神経っていうんですよ。気になってしょうがなくなったら神経症です」

助手の先生の言葉に、なるほどと思う。

しばらく通ううちに先生たちとも顔なじみになり、いろいろなことを相談するようになっていた。いつも必ずいる助手さんは二人。先生が留守のときは代理も務めるさわやかなHさんと、俳優の伊藤英明似のAさん。二人ともとてもハンサムで今風にいえばイケメンである。

師匠の先生に似てやわらかい声でゆっくり話す様子は患者をとても落ち着かせる。こちらの言葉を丁寧に聞いてくれるだけでも、戦場のような日常からくる緊張がほぐれていく。なんだか鍼治療に行くというよりカウンセリングに行く、というほうがあたっているようだ。

鼻風邪をこじらせて中耳炎になったとか、たかが口内炎が一週間以上治らないなどを治療前に助手の先生に説明する。体の各部位にはそれぞれ対応したツボがあるから、細かく説明すればピンポイントで鍼をさしてもらえるかとの素人考えだ。

第三章
❊
ペットと家族、そして温かい人々

ところが「口内炎、どこですか？」と聞かれ、素直に「ここ、唇のすぐ横」と答えると、なんとそこをお線香の直火で焼くという。抵抗したが「これで滅菌するんだよ。体力が落ちてるから菌が死なないんだ」と先生はさらりと言った。

その熱いこと！　でもその後すぐ治った。東洋医学恐るべし。

また特に困ったのは太れないこと。妊娠前四十五キロあった体重は、半年もたたず元の体重を下回った。挙げ句は夫にインフルエンザをうつされ、年末には四十キロに。

が、根気よく通った鍼のおかげか、翌年の春を迎えるころ、そんな生活にもやっと光が見えてきた。体重も少し増えた。

「まあー痩せる痩せる、どこまで痩せるかと思ったたね。ひゅーっと細くなっちゃって」

先生が笑って言う。

私も「そうかも」と一緒に笑えるようになっていた。次第に通う頻度も減った。肩こりは体質、重い子供を抱いていれば腰は痛いと驚くほど前向きに考えられるようになった。

思えば十月から鍼療所とご無沙汰している。お腹はずいぶん丈夫になった。多少痛いところがあっても、忙しくてわざわざ鍼療所へ出かけて行くことまではしない。

つまり元気になったということかな。先生たちは心配して、いや心配する必要がなくなったねと言いあっているだろうか。今度子供たちを連れて遊びに行こう。治療ではなくて。

門限

「何時だと思ってんの？　九時半にはお店を出る約束でしょう？」

「あと三十分だけぇ。いま表参道でね、すごいもりあがってるの」

大学のサークルコンパの途中、公衆電話で母に懇願した。もう二十年以上も前の話である。

私の家は都内の私鉄沿線の住宅街にあり、駅からさほど遠くはなかったが、夜は人通りも少なく、近くの大きな公園は森のように黒々としている。昔殺人事件があったらしいよ、とまことしやかに囁《ささや》かれる噂《うわさ》を思い出すと、鬱蒼とした木々の合間に誰かが潜んでいるような気がしてゾクッと身震いする。

門限は十時。それを大幅に過ぎ、改札をぬけると、いつもそこに父が立っていた。怒ることもなく、ただ黙って私と二人歩いて帰る。

「パパだって明日会社あるんだからかわいそうでしょ。こんな遅くに迎えに行ったら」

母にそう言われると、怒られるより身にしみた。女子校から女子大に進学し、世間知らずな娘を父も母もはらはらして見守っていたのだろう。

四月、大学の門の前にはT大、K大、W大などの男子がサークルの勧誘に列をなした。

第三章

❇

ペットと家族、そして温かい人々

一年生は一女《いちじょ》と呼ばれ、特にちやほやされた。テニスにスキー、ヨットと皆いくつものサークルをかけもちするから、夜のお集まりもそれだけ多い。華やかなバブルのころ、ボーナス額は多く、子供のおこづかいも豊かだった。それでも二女、三女、四女と学年があがるにつれ、気の合う仲間や好きなスポーツと数を絞って他は退会する。

一つには、男子は学年が上がるにつれ人気も上がるが、女子は下がる。口さがない男子は、「一ギャル、二女、三ババ、四屍《シカバネ》」などと言っていた、と友達は憤慨していた。

あまりそういった話に興味はなかったが、友達同士話がはずんでいる途中で帰るのは場がしらけるし、気が進まなかった。「ゆきちゃんの家は厳しいものね。お嬢様だから」。そんな声を背に帰るのがいやだった。

夏休みに短期留学でロンドンに行くときも、母は容赦なく門限を設定した。

「八時には帰るのよ」

緯度の高いロンドンの夏は九時ごろまで明るい。留学先のクラスの仲間たちは夜のショッピングやディスコを楽しんでいたようだが、ついぞそのようなところへ足を運ぶこともなく、ステイ先の家の夕ご飯に間に合うよう、帰宅していた。

ある日、電車の路線を間違えて、隣の駅に着いてしまったことがあった。一駅戻ろうと反対向きの電車に乗った途端、急行であることに気づいて、なんと電車を飛び降りた、とは第一章の「夕ご飯に間に合いたくて」にも書いた。

駅員さんに怒られたが、言い訳するだけの英語力はなく、黙って聞くのみ。夕ご飯に間に合うようにというのもあったが、なんでロンドンまで来て門限なのよ、と内心思いながら。

そんな学生時代も終わり、総合商社に就職。配属されたのは、ヨーロッパ向けの輸出業務を行う営業部。

日本では退社する時刻にあちらは始業。連絡もそれからになり、残業が多くなる。

「なんでそんなに遅くなるのよ？　ご飯はいるの？」

「しょうがないじゃない。時差があるんだから！」

折しもバルセロナ五輪の年で、スペイン担当の私は毎日のようにバルセロナ向けの通関書類を作っていた。

人当たりの良い、温厚でハンサムな課長、厳しく優しく指導してくれたインストラクター、よい上司、同僚に囲まれて、忙しかったけれど、今思えばよい時代だった。その同僚の中の一人と婚約し、退職した。

お決まりのごとくデートの後はなかなか時間どおりには帰れない。婚約者の彼、つまり今の夫は寮暮らしで車はなく、新宿駅のホームでそれぞれ反対方向の電車に乗るのが常だった。

「こんな遅い時間に娘を一人で帰して……」と母はぶつぶつ言っていた。

第三章

❊

ペットと家族、そして温かい人々

今、私たちには小学生の娘がいる。まだ暗くなってから一人で出歩く年ではないが、学校の帰りが少しでも遅くなると、私は携帯を持って家から出たり入ったり。駅のほうをすかし見て気が気ではない。

時代は変わり、技術は進み、位置確認の手段も多様化したが、親の心は変わらない。この子が大学生になったら、私も門限を決めたくなるのかもしれない。

ユーモアをありがとう

物干しひもに、洗濯ばさみでとめられたアザラシがぶらさがり、水がしたたっている絵。

「あざらしの、あらいざらし」

と、書かれたそのはがきに大わらい。

裏には「暑中お見舞い申し上げます。新しいお家はいかがですか、今度遊びに行かせてね」とある。差し出し主は大学の同級生、たまちゃん。いつもつぼを押さえたかわいい手紙で私を笑顔にさせてくれる大切な友人だ。

今からもう十年以上前、結婚して、家を改築して大忙しの夏だった。そんな私の心をなごませてくれる、清涼剤のようなはがき。一週間は思い出し笑いがとまらなかった。

封書のときは封筒もシールでデコってあったり、思わずくすっとするようなメッセージが添えてあったり。もちろん切手も抜かりなく、かわいいものが貼ってある。

私も彼女に手紙を出すときは、レターセットも切手もじっくり吟味する。二人とも英文学、児童文学が好きなので、絵本のキャラクターや動物などが多い。

あるときはフィンランドから、私の大好きなムーミンの絵はがきが届いた。銀座のデパートで開催されていたムーミンフェアで、はがきを購入してメッセージを書くと、一括してフィンランドへ送り、そこでムーミン柄の切手を貼ってフィンランドの消印を押して日本へ送ってくれるというサービスがあった。たまちゃんはそのフェアでわざわざ私宛てにはがきを出してくれたのだ。

　卒業して二十年以上、今は年に数回しか会えないけれど、カードや便箋《びんせん》を選びながら相手の顔を思い浮かべる。メール全盛の世の中で、なんでも電子化しているが、ときにはゆったり考えて紙に字を書くのも楽しい時間だと思っている。

電話

駅前の郵便局、ＡＴＭの列に並んでいた。

若い女性局員が窓口で年配の女性の応対をしている。いつも親切で感じの良い彼女は、受話器を手に、ちょっと困ったような顔で、老婦人になにやら話しかけている。

私はボーッと順番を待ちながら、聞くとはなしに耳に入ってくる会話を聞いていた。

「話し中の音がするんですけど、受話器がはずれているんじゃないですか？」

「そんなわけないです。全然通じないんですよ」

その会話を総合すると、近くに住む老婦人、自宅の電話が通じなくなって困った挙げ句、郵便局に助けを求めに来た、ということらしい。局員嬢、今度はどうやらＮＴＴと電話しているようだ。

「ええ、ええ、通じないそうです」

受話器を押さえ、

「修理に来てくれるそうですが、ご住所をおっしゃっていただけますか」

と老婦人に受話器を渡す。

「はいはい。見に来てくれるの？　ああそう。ええ、午後はいますよ。住所ね。○○区○

第三章

※

ペットと家族、そして温かい人々

〇二の六の三。携帯？　そんなもの持ってませんよ」

今や局内にいる全員がこのご婦人に注目していた。私はふと振込み窓口に座っている男性局員と目が合ってしまった。口を一文字にむすび笑いをかみころしているが、目が笑っている。私もきっと同じような顔をしているに違いない。

老婦人はお礼を言って受話器を置き、これで一件落着かと思いきや、驚愕のひとことを発した。

「もう一か所電話したいところがあるんだけど、いいかしら。お寿司屋さんに」

局員嬢はあっぱれなことに「どうぞ」とひとこと。

私は必死で笑いをこらえながら窓の外を眺めた。誰かと目が合ったが最後、絶対吹き出してしまう。

件《くだん》の老婦人、番号をダイヤルし、悪びれることなく言った。

「ああ江戸銀さん？　二丁目の〇〇です。いつもの時間に穴きゅう一人前ね。よろしくどうぞ」

電話を置くと、

「おいくらかしら？」

「いえ結構です」

郵便局もサービスの時代である。

つらいぜ、マジ

授業参観の途中、携帯が鳴った。バッグの中で慌ててとって、瞬間切った。母からだ。一年生の教室、しーんとしているわけではないから、誰も気づいた様子はない。安堵《あんど》したのもつかの間、また携帯は鳴った。即切ると玄関の外まで行って母にかけた。

「いま電話してきたでしょ？　何？　急ぎ？」

「え～、電話くれたんでしょ」

と、寝ぼけた返事である。こちらからは電話してないし、授業参観の最中なんだけどと言うと、

「じゃあ参観だって言えばいいじゃない」

と、ありえない返事。目の前に先生がいるのに「今授業中、またあとでね」と言う人はいないだろう。ことほどさように相手の都合など考えもしない。

認知症も少しあった。年とともに頑固さも加速。頭は自分の生活だけでいっぱいだから他人の迷惑は考えない。かと思うと変なところで遠慮する。娘の私に全権委任したくない、でも頼らなければやっていけない、母もジレンマだったかもしれない。

ぶつかりあいながらの生活が続いていた今年の夏、水疱性類天疱瘡《すいほうせいるいてんぼうそう》という難病で母は三

週間入院した。認知はまた進み、足も弱り、介護施設に入りたいと本人が言い出した。自宅での生活が無理なのも明白、急ぎ見学を重ね、家から近い施設に決定した。

手厚いサービスで有名なその施設を体験のときからいたく気に入り、いつ入れるの？　早く手続きして、と言ったわりに入居日が決まれば、勝手に決められても支度が間に合わないとのたまう。誰が支度するのだ。

挙げ句は着物売りませんか、という電話にひっかかり、業者を呼んでしまったり、着払いで化粧水を注文したりする。

やっと入居したかと思えば部屋に電話をひけと言う。ひけるか、冗談ではない。夏から引き続き、あまりの精神的ストレスに、私がついに体調を崩した。胃が痛いなどというのは序の口、血圧は上がり、めまいがする。

内科の先生は、「胃カメラもやったし、異常はないのだから、環境を変えるしかない。なんとか思いつめずにやっていきなさい」と言う。

そのとおり、少し好きなことをして、自分のペースを取り戻さないと。

キッチンカウンターの上の、皮が黒くなったバナナが目についた。息子たちが好きなので買ってきたが、小学生の男子なんて、食べなさいとテーブルに出してやらなければ自分で気づくものではない。こう真っ黒に、軟らかくなっては生では食べられない。マフィンでも作ろうかな。しかしちらっと娘の顔が浮かぶ。娘は生のバナナは食べないが、黒くなっていくのには気づいているはず。このままにしておけばママがお菓子を作ってくれると思って黙っているのだ。のってやるか。

バターを泡立て、卵をまぜ、オーブンに入れる。家中に甘〜い香りがたちこめる。子供たちが歓声をあげ、どれが大きいか、真剣に選んでいる姿にはこちらも笑うしかなかった。

ある日、通販サイトでＯＰＡＬというドイツ製の毛糸を見つけた。一本の糸が色とりどりに染め上げられていて、ただメリヤス編みをするだけで不思議な模様ができあがる。よく言えばカラフル、悪く言えば雑然とした感じ。なんだか最近の私の生活に似ている。できあがりがどうなるかわからないところも同じ。

仲良しのＳ子が編み物が上手なので、遊びに来てもらって一緒に編んだ。ところが「あれー、これどうするんだっけ」と、なんとＳ子も私も慣れない四本針の使い方がわからない。結局ほどいてしまった。こんなところも私の日常に似ている。あー、無駄になっちゃった。でも仲良しの友達と笑いながら過ごした数時間は精神的回復効果絶大。

料理や手芸が好きな私の次の逃避先は、デパートで見かけたフェルト手芸講座。若くてかわいらしい先生と気が合い、好きな時に行けばいい気軽さも気に入って、何度か参加した。棘《とげ》のついた針を刺して羊毛をフェルト化させ、形を作っていく。

しかし夜中、しんとした中で羊毛にズブズブと針を刺している姿に、夫が「ママ、暗いよ」と一言。たしかに多少怨念がこもっているかもしれない。

こうしてなんとか数か月乗り切ってきたが、入居後も電話のことをはじめ、母の様々な要求にかき回され、血圧はうなぎ上り、動悸と息切れがひどく、心配したS子にすすめられ、内科を受診すると心臓の検査とあいなった。

ルームウォーカーを歩かされ、心電図をとる。坂道を結構なスピードで歩くので疲れるが、さらに「いいですかあ、もうちょっと上げますよ」の声で足もとはさらに傾き、スピードが上がった。

「マジか」。歯を食いしばりながら思った。「絶対エッセイに書いてやる」

むかし、むかし

大正生まれの父、九十二歳。少し認知症はあるが、受け答えはしっかりしているし、足腰も丈夫だ。八十二歳で会社を退職してからずっと家にいる。三年前にケアマネさんの勧めでデイサービスに行くことになったが、人づきあいが苦手なので心配だった。初日は「どうして行くの？」と聞かれて、「ランチに行くのよ」と言って送り出したのを、よく覚えている。

しかしスタッフやお仲間に親切に接していただいてすっかり馴染み、週三回、楽しそうに通っている。Hカントリークラブでは知らぬ人のいない腕前だったゴルフだが、そうデイホームに伝えると、パターゴルフを用意してくださった。皆で始めると、「そんな持ち方じゃあだめだよ」と父が指導を始めたとか。

仲良しのお友達もできたそうで、迎えの車が窓から見えると、パッと立ち上がって玄関に向かう。「早っ」と私がびっくりするほど。

デイのスタッフも「いやー、脚がお丈夫で、速いんですよー」と、車をさっさと降りて歩いて行ってしまう父を追いかける。

祖父は日産の前身ダットサンの創立メンバーだったのに、父は車の免許を持っていない。どこにでも公共交通機関を使い、徒歩で行く人だった。それが脚力に繋がっていると思っている。

両親とは同敷地内に二軒の二世帯で暮らしている。

母は自分が中心で仕切らないと気が済まない。父にも言いたい放題、娘の言うことも聞かない。食事を作ると言っても「いい」と言うので、出来合いのお惣菜を届けていた。

しかしこの夏、母が三週間入院し、その後介護施設に入居したいと体験に行き、ついには入居が決まり、父は一人になってしまった。

母がいないので遠慮なく家に入り、ゴミを片づけ、父には毎日できたての食事を届けた。父は私の顔を見るとニコニコし、「ありがとう。ご馳走やなあ」とお礼まで言う。日ごろ母にやいやい言われていたので、のんびりしているように見えるが、少し寂しいのかもしれない。時々わが家で晩ご飯を一緒に食べたりした。子供たちも一緒の賑やかな食卓は、疲れてしまうかな、でも刺激になるかなと見ていると、夫にワインのことを聞いたり、娘に学校のことを聞いたり、楽しんでいるようだ。

ある土曜日、デイの後で疲れているかと、食事の支度をしに行くと、「そっちに行こうか？」と自分から言い出した。急いで家のテーブルを整え、迎えに行った。

庭を渡ってニコニコとわが家のリビングにやって来た父は、いつもと変わらず自分のペースで箸を運んでいたが、食事の終わるころ、デイのことを話し始めた。その後、昔のことを楽しそうに語りだしたので、普段は口数の少ない人だけに、少し驚きながら聞いていた。夫が時々質問し、私たちは相槌をうつ。

「昔はねえ、ずいぶんあちこち行きましたよ。世界中を見て歩いて。それが当時のはやりだったからね」

「今までいらした中で一番好きな国、気に入ったところはどこですか？」

「う～ん、そうだな、スイスかな」

山の美しい景色が好きだという。富士山にも登ったよ、とは娘の私も初耳だった。五回くらい登ったそうだ。「その当時はね、国民の義務でしたよ」と言う。本当に義務だったかどうかは別として、日本の誇る霊峰を大切に思う心は当時の国民には当たり前のものだっただろう。

諸国を旅させてくれたこと、丈夫な体をくれたことは、両親のおかげだと感謝も忘れない。

学徒出陣で戦地に赴いた父は、近代史に興味がある夫には生きた話の聞ける貴重な存在。

「お父さんは陸軍ですか？　海軍ですか？」

「海軍です。満州でしたよ。南極にも行きました。月にもね。地球を眺めてねえ」

そこまでいくと冗談だろう。ハハハと笑って合わせておく。

第三章

❇

ペットと家族、そして温かい人々

結核で大変だったという話も聞いた。夫が「ああ、今ストレプトマイシンが効くんですよね」と言うと、父も「そう、私はあの薬が間に合ってね、だから生きてますよ」と答えた。

しかし、最もびっくりしたのはこんな話だ。

「渋谷に行ったときハチ公が座っててね、撫でてやったんだよ、それで長生きしたかな」

「ええ〜っ」

まさか自分の身近に銅像ではない生きたハチ公を撫でた人がいるとは思わなかった。

ハチ公は柴犬のような気がしていたが、秋田犬で結構大きかったという。

その後も昔の話は和やかに続いた。国語の教科書の最初はなんだった？　と聞くと、父は「ハトポッポ」と答えた。大正時代の人の特徴で、これより後は「サイタ　サイタ　サクラガ　サイタ」だという。

帰るとき、父はカウンターの上にあったペンギンの貯金箱を手にとり、南極にはこんなのがいたねえ、と目を細めてなでていた。

戦時中のことは私にはよくわからないが、本当に南極に行ったのかな。半分夢の中で大好きな宇宙や南極を旅していたのかな。またじいじの話を聞こうねと子供たちと話している。

Don't Forget to Write

八月の暑い日、エッセイ教室で一緒だったFさんから洋書の絵本が届いた。

タイトルは『Don't Forget to Write』

手紙が添えられている。

「私からお嬢ちゃんへの初めての贈り物です。まだちょっと早いかな。でも、子供の成長は意外に早いものです……」

八か月になる娘はなんにでも興味津々。きれいな絵に喜んで手をのばしている。少女が農場から、お母さんに手紙を書くストーリーだが、タイトルにぞくっとした。絵本として訳せば「手紙を書いてね」だが、直訳すれば「書くことを忘れないで」

娘へといいながら、込められた私へのメッセージ。彼は知っているのだ。私がずっとエッセイを書いていないこと、いや、書けないことを。

前年十一月の出産後、初めての育児にてんてこ舞い。それでも一か月半ほどでリズムもできてきた。何より娘はよく寝てくれた。息しているかしらと心配してのぞきに行くほどひたすら寝ていた。掃除に洗濯、やることは山積みだが、うまくやりくりすれば書く時間がとれたはず。それでも書けなかった。精神的に余裕がなかったから。

妊娠中のこと、出産のこと、今目の前にいる不思議な、そしてこの上もなくかわいい未知の生物のこと……。書きたいことは山のようにあって、気持ちだけが先走る。でも、いつもならワープロに向かって、指先から溢《あふ》れ出てくるはずのものが、なぜかせきとめられていた。

教室に行かれず締切りがないせいもあったが、日々流されている焦りと、いつまでも体が回復しない自分への苛立《いらだ》ちも大きかった。毎日「春になったら」と流しの前でスポンジを持って、念仏のように唱えていた。変わるのだ、いや変えるのだ。教室にも戻ろう、代理をたててもらっている仕事にも、なんとか復帰しなくては。

そう考えていた矢先、周りのすすめで、正式に仕事をおりることになった。

一晩泣き明かし、挙げ句お腹をくだした。所詮無理だったのだ。時間的にも体力的にも。迷惑をかけないことが重要と頭では理解していた。仕事にこだわっていたわけでもない。戻る必要がなくなったことが大きく応えたのだ。糸がぷつっと切れたように感じた。

「わかるよ、すごくよくわかる」と二歳児を持つ友達が言う。

「大丈夫だよ。私だって同じだった」と、教室で一緒のI子ちゃん。そうだよね、現実に小さい子を抱えた人しかわかってくれないよね。少し胸のつかえがとれた。

時間がないんだもの。エッセイ書かなくたって死なないけど、食べなかったら死んじゃうから、と自分に言い訳して。

そんなとき、Ｆさんからメールが来た。

〝具合悪いんだって？　Ｉ子さんから聞いたよ。今の時期は大変だね。うちの娘の小さいころを思い出すよ……〟

なんと心優しい、思いやりのあるメールだったことか。

そもそも教室で一緒になったときから気の合う人だった。といっては失礼にあたる親子ほどの年の差だったが、それを感じさせないくらい私を対等に扱ってくれた。

美術の先生をしていたＦさんは、手先が器用で、デザインのセンスも抜群。鳥好きの私にと作ってくれた木彫りの鳥。「足はゼムクリップなんだよ」と身近なものを使うのも上手。ペンギンをデザインして彫ってくれたハンコは一生の宝物だ。長崎、奥多摩、北海道、旅行先からの絵手紙は、日本の四季の風景を届けてくれた。

思い詰めていた「春」は私には来なかった。鼻かぜをこじらせ、一か月通院し、体重も激減した。そんなとき、Ｆさんはじめ友人たちからのメールや電話が何よりうれしかった。

「今は書く余裕がなくても、心に留まったことをメモに書いておくだけでいいのよ」

私を娘か嫁のように心配してくださるＹさんの言葉に、ふと気持ちがほぐれ、エッセイ教室の暑気払いの会に娘をつれて参加させてもらった。

第三章

❊

ペットと家族、そして温かい人々

「よく来たわねえ」と、皆から温かく迎えられ、娘はたくさんのおばちゃま、おじちゃま方に抱っこしてもらってご機嫌だった。

そして数日後、Fさんから本が届いたのだ。お礼のメールを送信すると、返信が来た。

〝書ける時に書けばよいのだから。Don't Forget to Write.〟

秋の気配が感じられるようになって、ささくれだっていた私の神経も、少しずつ落ち着いてきた。子供の成長を綴った作品を書き、下北沢での合評会に参加した。

「十月から教室にも戻ろうと思っています」

そこで宣言した。ずるずると尻込みしている自分を叱咤《しった》するつもりで、後戻りできないように宣したのだ。

その日、一緒にお茶を飲みながら、Fさんは笑っていた。まさかそれが最後になるなんて。あまりに突然の訃報が届いたのは九月。私に勇気をくれたFさんは逝《い》ってしまった。

でも、二度と私は「書くことを忘れる」ことはないだろう。「必ず書き続けます」と彼の写真の前で誓う。娘を抱いて、こちらに笑いかけているFさんの顔が、少しぼやけた。

あとがきにかえて

小さいころから本を読むことが大好きでした。一人っ子だったので、物語の世界に入りこむのは大きな楽しみだったのです。どこへ出かけるにも文庫本を持ち歩き、家でも本を手から離しませんでした。「もう寝なさい」と母が部屋の電気を消しても、ふとんの中で懐中電灯を手に読んでいました。視力が落ちなかったのが不思議です。

さて書く方はというと、正直好きではありませんでした。これは読書感想文など、強制されて文章を書く体験が原因だったのかもしれません。母に書いたものを見られるのも嫌でした。かなりの苦手意識を持っていましたが、高校生になったとき転機が訪れました。大学入試に小論文が取り入れられるようになり、学校でも対策として、テーマごとに文章を書いて提出する機会が増えたのです。感想文ではなく、読解問題でもなく、自分の思うことを文章にまとめる、そんな作業が自分には向いていて、頂いた評価も良い、というのは私にとっては大きな発見でした。

大学時代には友達同士で文章を書いて、読みあったりもしましたが、私の書くものはいつもノンフィクションでした。実際にあったことを、どうやってわかりやすく表現するか、どうしたらテンポよく、読みやすくなるか、それが昔も今も、私が文章を書くときに気をつけている最大のポイントです。

そんな私が木村治美先生の教室のドアを叩いたのは、結婚してしばらくした二十代の終わり、今から二十年前の秋でした。英国好きで、学生時代に出会った『黄昏のロンドンから』は思い出深い一冊で、流れるような文章の虜になりました。そして、講座の案内を目にしたとき、「あの本の先生だ」とすぐ申し込んだのです。

教室は二千字のエッセイを提出し、皆の前で読み、意見を言い合う合評形式ですすめられます。自分ではさほどたいしたことではないと思ったところを「そこがもっと知りたかった」というご指摘があったり、人からの意見の大切さを実感しました。

木村先生がほんの一言加えるだけで、文章のイメージが変わって魔法のように感じたこともありました。枝葉末節まで気を抜かず、丁寧に読み返す習慣もつきました。

エッセイを書く以上、少なからず自分のプライベートもさらけ出します。そのため、教室のお仲間は、ある意味いろいろな事情を知っている、家族の次、親戚のような関係、というのでしょうか、不思議な、近しい間柄になります。

そして木村先生はじめ、多くの方が私の母のようなご年齢で、皆さんに娘のようにかわいがって頂き、ときには貴重な助言を頂いたり、つらいときには励まして頂いたりして、あっという間に二十年がたちました。

この間に三人の子供を授かり、また両親は高齢となり、生活も変わりました。出産や受験、介護などで教室に行かれないとき、手紙やメールでエールを送ってくださったエッセイ教室の皆さんは、かけがえのない仲間であり、人生の先輩として尊敬する方たちです。

そして私にとって大切な教室がもう一つあります。エッセイ教室に通い始めた翌年の春、加藤千恵先生の洋菓子教室にも通うことになったのです。

お料理もお菓子も子供のころから好きで、よく作っていましたが、お菓子専門の教室に通い始めると、「目からうろこ」がなんと多かったことでしょう。

作中にもあるように、悪戦苦闘、抱腹絶倒のお菓子作り。基礎科、応用科、研究科、専科と進み、たくさんのお菓子と人との出会いがありました。

臨月で教室に行ったときには、先生はじめ皆から「ここで産まないでね」と心配され、暖炉の前の暖かい席を譲ってもらって、あんずキャラメルソースのワッフルをおいしく頂きながら、「赤ちゃんの名前はあんずちゃんね」なんて言われたこともありました。

子育てに疲れ、時間もとれなくて、通うのをあきらめようとしたときも、「子供から離れて自分の時間を持つのも大切なのよ」という先生の言葉に、続ける力を頂きました。

先生のお菓子のおいしさや、飾りつけの美しさ、抜群のセンス、でもそれだけでなく、母として、娘として、お子さんやご両親と向き合い、生きていらした姿勢に共感し、憧れて、今までついてきたのだと思います。

あとがきにかえて

今回、作品をまとめて本にしてみたいと思ったきっかけは、この両教室の二十周年記念です。家族のこともたくさん書いてきましたが、それはまた別にまとめるつもりで、今回は自分の足あと、思い出を宝石箱のように詰め合わせました。

私の原点である母校の図書室を思い、あたたかく、とろとろとしたお陽さまの光の中でまどろんでいるような気持で選んだ小品集です。

年月の表記はできるだけ統一したつもりですが、書いた時期がまちまちなので、「昨年」や「何年前」という表現が必ずしも一致しない点はおゆるしください。

この一冊を作りあげるためにはたくさんの方たちにお世話になりました。

二十年にわたり、ご指導頂いた木村治美先生、加藤千恵先生。そしてアイシングという形でお菓子の新しい楽しさを教えてくださった森ゆきこ先生。

作中S子として登場するさあこは、いつも私を気にかけ、絶妙なタイミングで手を差し伸べてくれ、今回も表紙のイラストを快く引き受けてくれました。

ときに後ろ向きになってしまう私に、違う切り口で物事を見せてくれる天才たまちゃん。

貴重なアドバイスや優しさを頂いたエッセイ教室、KEG、お菓子教室の方たち。

友達や同級生、ホームズクラブ、鍼療所、文芸社、その他たくさんの方たち。

私を育ててくれた両親と、母校の先生方。

いつの間にか成長し、時には私の相談相手ともなってくれる最愛の娘と、まるで動物のようにじゃれていて、困ったことばかりと思いながらも、かわいくてしょうがない息子たち。

私のすることに理解を示し、応援し、そばでずっと支えてくれた夫に。

皆様に心より感謝し、御礼を申し上げます。

本当にありがとうございました。

二〇一八年一月

手塚　由紀

著者プロフィール

手塚 由紀（てづか ゆき）

東京生まれ、東京育ち。
三児の母。
ロンドンを第二の故郷というほど、英国を愛し、二年に一度は訪れる。
1983年、日本シャーロック・ホームズ・クラブ入会。
1997年10月、朝日カルチャーセンター、木村治美エッセイ教室に参加。
1998年4月、加藤千恵洋菓子教室に通い始める。(2003年にディプロマ)
2000年10月より木村治美エッセイストグループ（KEG）会員となる。
2009年よりNHK学園通信添削講座、「木村治美のエッセイ教室」講師を務める。

陽だまりの記憶 小鳥とお菓子とホームズと

2018年3月15日 初版第1刷発行

著　者 手塚 由紀
発行者 瓜谷 綱延
発行所 株式会社文芸社
〒160-0022 東京都新宿区新宿1－10－1
電話 03-5369-3060（代表）
03-5369-2299（販売）

印刷所 株式会社フクイン

ISBN978-4-286-19222-2